سمندر کا بیٹا

(بچوں کا ناول)

مصنف:

قمر علی عباسی

© Taemeer Publications LLC
Samundar ka Beta *(Kids Novel)*
by: Qamar Ali Abbasi
Edition: August '2023
Publisher & Printer:
Taemeer Publications LLC (Michigan, USA / Hyderabad, India)

ISBN 978-93-5872-680-0

9 789358 726800

مصنف یاناشر کی پیشگی اجازت کے بغیر اس کتاب کا کوئی بھی حصہ کسی بھی شکل میں بشمول ویب سائٹ پر اَپ لوڈنگ کے لیے استعمال نہ کیا جائے۔ نیز اس کتاب پر کسی بھی قسم کے تنازع کو نمٹانے کا اختیار صرف حیدرآباد (تلنگانہ) کی عدلیہ کو ہو گا۔

© تعمیر پبلی کیشنز

کتاب	:	**سمندر کا بیٹا**
مصنف	:	**قمر علی عباسی**
صنف	:	ادب اطفال
ناشر	:	تعمیر پبلی کیشنز (حیدرآباد، انڈیا)
سالِ اشاعت	:	۲۰۲۳ء
تعداد	:	(پرنٹ آن ڈیمانڈ)
صفحات	:	۹۰
سرورق ڈیزائن	:	تعمیر ویب ڈیزائن

بنگلہ دیش دریاؤں کا دیس ہے۔

سمندر سے بادل اٹھ کر جب آسمان پر آتے ہیں تو ناریل کے لمبے لمبے درخت اور سبزہ دیکھ کر اپنی چھاگلوں سے سارا پانی نچوڑ دیتے ہیں۔ اسی لیے وہاں ہر جگہ سبزہ پھول اور دریا ہیں۔ ہوائی جہاز سے دیکھو تو یوں لگتا ہے کہ جیسے پوربو پاکستان ایک ہرا بھرا باغ ہو۔ جس میں دریا بہتے ہیں۔ سرسبز گھاس کے میدان ہیں۔ سر اٹھائے درخت ہیں۔ سرخ، اودے کاسنی پھول کھلے ہیں۔ ہر طرف بہار ہی بہار آئی ہوئی ہے۔ پوربو پاکستان میں ایک طرف زمین کے دامن میں پھل، سبزیاں، اناج پیدا ہوتے ہیں۔ تو دوسری طرف اس کے دریا مچھلیوں سے بھرے پڑے ہیں۔ لوگ محنتی اور جیالے ہیں۔ انتھک کام کرتے ہیں۔ فرصت کے اوقات میں گیت

گاتے ہیں۔ جنہیں سن کر دریاؤں کا پانی بھی ایک لمحہ کے لئے رک جاتا ہے فطرت کی خوبصورتی کی وجہ سے ان کے گیتوں میں بھی پانی، سبزہ اور حسن بھرا ہوتا ہے۔ اس ہرے بھرے دیس بنگلہ دیش میں سمندر کے کنارے مچھیروں کی ایک چھوٹی سی بستی آباد ہے۔ جو سمندر کی گود میں پلنے والی مچھلیاں پکڑ کر اپنی گزر بسر کے لئے انہیں بازار میں بیچ دیتے ہیں لیکن یہ سب کچھ اس آسانی سے نہیں ہوتا۔ سمندر بڑا طاقتور ہے۔ اس کی طوفانی لہریں اتھاہ گہرائیاں ہمیشہ مچھیروں کی راہوں میں دیوار بنی رہتی ہیں مگر عقلِ انسانی، انسانی بازو ان سب کا مقابلہ کر کے اس کے دامن سے پانی کے موتی چھین کر اپنی ضروریات پوری کرتے ہیں۔

اسی بستی میں ابوالقاسم نام کا ایک مچھیرا بھی رہتا تھا جو محنتی ہونے کے ساتھ ساتھ ایمان دار بھی تھا۔ صبح سے شام تک سمندر سے لڑتا جب جا کر کہیں اتنی مچھلیاں ملتیں کہ اپنا اور اپنے گھر والوں کا پیٹ بھر سکے۔ اس کا گھرانہ چار آدمیوں پر مشتمل تھا۔ ایک وہ خود۔ ایک اس کی بیوی اور دو بچے۔ ایک چھوٹا سا گگو۔ دوسرا آٹھ دس سال کا منو۔

ابوالقاسم کی زندگی بڑے سکون سے گزر رہی تھی۔ بڑا لڑکا بھی اس کے ساتھ سمندر میں مچھلیاں پکڑنے جاتا۔ ابوالقاسم خوش تھا کہ منو کو سمندر سے محبت ہے اس لئے کہ جب تک مچھیرا سمندر سے پیار نہ کرے۔ اس کے بازو طوفانی لہروں کا مقابلہ نہیں کر سکتے۔

جب آسمان کے آنگن میں روشن چاند چمکتا اور سمندر کا پانی بے قابو

ہو کر اٹھ اٹھ کر گرتا تو بستی کے مچھیروں کے ساتھ منو بھی سمندر کے گیت گاتا۔ اور جب اندھیری راتوں میں سمندر کی لہریں ریت پر منو کے پیروں سے ٹکرا کر آہستہ سے واپس لوٹ لوٹ جائیں تو منو کو محسوس ہوتا جیسے، سمندر اس کے پیروں کو چوم رہا ہے۔ مچھلیاں پکڑنے جاتا اور لہریں اٹھ اٹھ کر گرتیں تو اسے یوں لگتا جیسے اسے دیکھنے کے لئے اٹھ رہی ہوں گہرا نیلا پُرسکون سمندر اسے اپنی ماں کی آنکھوں کی طرح لگتا۔ وہ سمندر کے کنارے سو جاتا۔ لہریں اس کے جسم کو تھپکتی رہتیں۔ اس کے بالوں میں کنگھیاں کرتیں اور اسے لگتا جیسے اس کی دو ماں ہیں ایک ناریل کے درخت کے نیچے بیٹھی جال ٹھیک کر رہی ہے اور دوسری اسے بازو پھیلائے اپنے سینے سے لگانے کے لئے بیتاب ہے۔ جیسے جیسے وہ بڑا ہوتا جا رہا تھا سمندر کی محبت بڑھتی جا رہی تھی۔ جب وہ کشتی میں بیٹھ کر سمندر میں جاتا تو اس کے سر پر گہرا نیلا آسمان ہوتا اور نیچے گہرا نیلا سمندر تو اسے محسوس ہوتا جیسے وہ نیلگوں رنگ میں ڈوب گیا ہے۔ ڈوبتا جا رہا ہے۔ اس نے سنا تھا سمندر میں جل پریاں ہوتی ہیں۔ وہ ہر روز سوچتا وہ ضرور دور سمندر میں رہتی ہوں گی۔ ایک دن آئے گا وہ سمندر کے سینے پر دور تک جائے گا۔ افق کے اُس پار جہاں جل پریاں رہتی ہیں۔ رنگین مچھلیاں تھرکتی پھرتی ہیں۔ وہ ایک خواب دیکھتا۔ وہ سمندر میں جا رہا ہے۔ سفید بادبانوں والی کشتی میں۔ رنگین اور شریر مچھلیاں اس کے چاروں طرف ناچ رہی ہیں۔ سمندر کے نیلے ہاتھ ہوا کے لطیف

جھونکے اسے آگے بڑھا رہے ہیں وہ چلا جا رہا ہے۔ افق کے پار۔ پھر وہ دیکھتا سمندر کی تہہ میں ایک موتیوں کا محل ہے جس میں جل پریاں رہتی ہیں۔ اور چھوٹی چھوٹی مچھلیاں دروازوں، کھڑکیوں پر بیٹھی ہیں جن کے جسم سے روشنی نکل رہی ہے۔ سارا محل جگمگا رہا ہے۔ رنگین مچھلیاں ایک کمرے سے دوسرے کمرے میں بھاگی پھر رہی ہیں۔ کسی دعوت کا بندوبست ہو رہا ہے۔ کوئی آ رہا ہے۔ اتنے میں ایک جل پری آئی اور منو کو اپنے ساتھ لے گئی۔ اندر کمرے میں ایک میز پر... اف اللہ کیسے کیسے خوبصورت کھانے سجے تھے۔ منو نے ایسے کھانے بھلا کہاں دیکھے تھے۔ وہ ان کی طرف بڑھا. اور پھر اس کی آنکھ کھل گئی۔ مگر اس نے پھر آنکھیں دوبارہ بند کر لیں شاید خواب کا سلسلہ پھر شروع ہو جائے۔ مگر خواب ٹوٹ جائے تو پھر کیسے جڑ سکتا ہے۔ منو کے خواب یہی تھے۔ سمندر، پہاڑ، آسمان کے مسکراتے بادل سمندر کی لہروں کو چومتی ہوائیں، اڑتے سفید پرندے، اور خوبصورت مچھلیاں۔

ابوالقاسم جانتا تھا کہ منو کو سمندر سے بہت زیادہ پیار ہے۔ اور اس کی ماں کہتی منو تو سمندر کا بیٹا ہے اور اس میں کیا شک تھا۔ منو کو سمندر کے بغیر چین ہی نہ پڑتا۔ صبح شام، دوپہر ہر وقت لہروں سے کھیلتا اور رات کو بھی ساحل سے بندھی کسی کشتی میں سو جاتا۔ سمندر آہستہ آہستہ کشتی کو ہلاتا رہتا جیسے ماں اپنے بچے کے پنگوڑے کو ہلاتی ہے۔ ہوائیں دھیمی دھیمی، آوازوں سے اس کے پاس سے گزرتیں جیسے لوری سنا رہی ہوں اور منو مزے

سے سوتا رہتا۔

منو باپ کی کشتی سے کر مچھلیاں پکڑنے جاتا تو اسے ہمیشہ یوں لگتا جیسے سمندر اسے آگے بڑھنے کے لئے کہہ رہا ہے۔ وہ آگے بڑھنے لگتا۔ مگر جب اُسے ماں ساحل پر کھڑی اس کا انتظار کرتی نظر آتی تو وہ لوٹ آتا۔ موسم خراب ہوتا۔ ہوا کا زور بڑھ جاتا۔ سمندر چنگھاڑنے لگتا تو مچھیرے ساحل سے دور ہٹتے۔ مگر منو گیلی ریت پر بیٹھا سمندر کا منہ دیکھتا رہتا۔ اسے سمندر کے غصّے پر بھی پیار آتا۔

موسمِ بہار شروع ہوا۔ دھان کے پودے کھیتوں میں لہرانے لگے انناس کی خوشبو ہواؤں میں رچ بس گئی۔ درختوں کی شاخوں پر پھولوں کے فانوس جل اٹھے۔

ایک رات جب آسمان پر شروع تاریخوں کا چاند چمک رہا تھا منو سمندر کے کنارے بیٹھا سمندر کا گیت سن رہا تھا۔ پھر نہ جانے کیوں وہ ساحل سے بندھی اپنے چچا کی کشتی میں لیٹ کر آسمان پر چاند دیکھنے لگا۔ پھر سمندر نے اسے تھپک تھپک کر سلا دیا۔ وہ بڑی گہری نیند سویا۔ اس نے خواب دیکھا کہ سمندر کا پانی بڑھتے بڑھتے اس کے گھر کے دروازے میں داخل ہو گیا ہے اور پھر اس کی چارپائی کے چاروں طرف پھیل گیا اتنا کہ وہ تیرنے لگی اور تیرتی

ہوئی دروازے سے باہر نکل آئی۔ پھر سمندر میں تیرنے لگی۔ آگے بڑھنے لگی۔ تھوڑی دیر میں مچھیروں کی آبادی نظروں سے اوجھل ہو گئی۔ سامنے سے ایک بڑی شارک مچھلی آتی دکھائی دی۔ اس کا منہ کھلا ہوا تھا اور وہ سیدھی منو کی طرف آرہی تھی۔ منو کا خوف سے برا حال ہو گیا۔ اس کے منہ میں بڑے بڑے سفید دانت چمک رہے تھے۔ پھر—— پھر۔۔۔ منو نے آنکھیں بند کر لیں پلنگ ایک جھٹکے سے مچھلی سے ٹکرایا اور اچانک منو کی آنکھ کھل گئی۔ اس نے دیکھا دور دور تک نیلا سمندر ہے اور وہ ایک کشتی میں لیٹا ہے۔ کشتی کے بادبان کھلے ہوئے ہیں۔ منو نے سوچا وہ خواب دیکھ رہا ہے۔ مگر یہ کشتی تو وہی ہے جس پر وہ رات لیٹا تھا اور اب تو سورج نکل رہا تھا اور مشرق کی طرف سمندر کا پانی پگھلا ہوا سونا معلوم ہو رہا تھا۔ وہ گھبرا کر کھڑا ہو گیا۔ چاروں طرف پانی ہی پانی تھا۔ کشتی سمندر کی ہلکی ہلکی لہروں پر سوار نامعلوم منزل کی طرف جا رہی تھی۔ تھوڑی دیر تک وہ سوچ ہی نہ سکا کہ یہ کیا ہوا مگر آہستہ آہستہ اسے یقین ہونے لگا کہ یہ سب حقیقت ہے رات وہ اپنے چچا کی کشتی میں سو گیا تھا۔ جو ایک رسی سے ساحل سے بندھی ہوئی تھی۔ مگر شاید سمندر کی لہروں کی وجہ سے کسی وقت رسی کھل گئی اور وہ بہتا ہوا کھلے سمندر میں آگیا۔ لیکن اب کیا ہوگا۔ چاروں طرف پانی ہی پانی ہے اور اب اس کی بستی کا دور دور تک کوئی نشان نہ تھا۔ اُس کا باپ اس کی ماں کتنے پریشان ہوں گے۔ چچا کیا کہیں گے جن کی کشتی اس کے پاس تھی۔ سب سمجھیں گے میں کہیں سمندر میں ڈوب مرا ہوں۔ اس وقت سمندر بہت خوبصورت

ہو رہا تھا۔ ہلکی ہلکی لہریں اٹھ رہی تھیں۔ منو نے سمندر کا سینہ پھیلا ہوا دیکھا تو تھوڑی دیر کے لئے وہ اپنی ساری پریشانی بھول گیا اور ہاتھ چھوٹی چھوٹی لہروں پر پھیرنے لگا۔ جیسے کسی خوبصورت بھیڑ کی پشت پر خوبصورت اون پر ہاتھ پھیرے۔ اسے یوں لگا جیسے سمندر کا سینہ اس کی ماں کی گود ہو۔ جہاں محبت کی گرمی اور شفقت ہو۔ سمندر مسکرا رہا تھا۔ آسمان مسکرا رہا تھا۔ ہوائیں آہستہ آہستہ سرسرا رہی تھیں۔ کشتی ہچکولے کھاتی ہوئی آگے بڑھ رہی تھی۔ منو سوچ رہا تھا اب اس کی تمنائیں، اس کے خواب پورے ہو جائیں گے۔ وہ خوش تھا مگر دل کے ایک گوشے سے خوف کی ایک لہر اس کے جسم میں دوڑ جاتی تھی۔ اب کیا ہوگا؟ میں سمندر کے رحم و کرم پر ہوں اور سمندر کا مزاج کسی وقت بھی بگڑ سکتا ہے۔ پھر کیا ہوگا۔ یہ کشتی میرا سہارا بنے گی۔ پھر سوچا میں تو سمندر کا بیٹا ہوں۔ مجھے بھلا یہ کیوں ستائے گا۔ لیکن یہ کشتی جا کہاں رہی ہے.......؟ کون جانے .... خوشی، خوف اور اشتیاق کے ملے جلے جذبات سے بھرا منو کشتی میں بیٹھا تھا۔ مشرق کی طرف سے سورج ابھر رہا تھا۔ آہستہ آہستہ وہ بلند ہوتا گیا۔ تھوڑی دیر بعد روشنی چاروں طرف پھیل گئی۔ صبح ہو گئی۔ سورج کی روشنی میں تیزی آتی گئی۔ یہاں تک کہ منو کو گرمی لگنے لگی۔ اس نے قمیض اتار دی لیکن اب بھوک بھی لگنے لگی تھی مگر اب کھانا کہاں۔ منو نے کشتی کی تلاشی لی۔ اسے ایک برتن میں تھوڑے سے ابلے ہوئے چاول ملے۔ ایک صراحی میں تھوڑا سا پانی تھا اور ایک جال ــــــ کل یہی چیزیں تھیں ــــــ اور نہ جانے کتنے دنوں

کا سفر ـــــ منو ڈر تو بہت رہا تھا۔ مگر اس نے سوچا اب ڈرنے سے کوئی فائدہ نہیں کیوں نہ بہادری سے کام لوں اور ہر کام سوچ سمجھ کر کروں۔ تاکہ زندہ رہوں۔ اب دھوپ بہت تیز ہو چکی تھی۔ اور جسم میں بری طرح چبھ رہی تھی۔ منو کا دل چاہا وہ سمندر میں کود کر خوب نہائے۔ مگر سمندر کے پانی سے نہانے سے تو جسم اور خراب ہو گا۔ یہ سوچ کر اس نے نہانے کا فیصلہ تو ملتوی کر دیا اور کوئی ایسی ترکیب سوچنے لگا جس سے دھوپ کی تیزی سے بچ سکے۔ اس کے ذہن میں ایک ترکیب آئی اس نے دو بادبانوں کے درمیان جال باندھ کر اس پہ اپنی قمیض اس طرح باندھ دی کہ تھوڑی سی جگہ پر سایہ ہو گیا۔ کم سے کم اس شدید گرمی سے تو بچ گیا۔ سورج خاصہ بلند ہو گیا تھا اور منو کو بھوک بھی خوب لگ رہی تھی۔ وہ تھوڑے سے ابلے ہوئے چاول اور تھوڑا سا پانی پی کر لیٹ گیا۔ گرمی لحظہ بہ لحظہ تیز ہوتی جا رہی تھی۔ اتنی کہ نا قابلِ برداشت ہوتی جا رہی تھی۔ منو کا گلا بار بار خشک ہو جاتا تھا۔ اس کا جی چاہ رہا تھا کہ پیٹ بھر کر ٹھنڈا پانی پیئے۔ گلا پانی سے بھرے سمندر کے باوجود پانی سے محروم تھا۔ سمندر سے وہ پانی کا ایک قطرہ بھی نہیں پی سکتا تھا یہ کتنا بڑا ظلم تھا کہ اس کے چاروں طرف پانی ہی پانی تھا۔ مگر وہ پیاسا تھا۔ اتنا بڑا سمندر اسے بے کار نظر آیا۔ بھلا اتنے پانی کا کیا مقصد جب وہ کسی کام کا نہ ہو۔ پھر اس نے خود ہی اپنے خیال کی تردید کی۔ سمندر بیکار نہیں ہو سکتا مگر وہ پیاسا تھا۔ جب تھوڑی دیر میں پیاس کی شدت سے وہ بے حال ہو گیا تو اس نے صراحی میں سے تھوڑا سا پانی پیا۔ کتنا میٹھا تھا یہ پانی۔

اور ٹھنڈا تھی۔ جب وہ اپنے گھر تھا کتنا پانی یوں ہی پھینک دیتا تھا۔ اب اسے پانی کی قدر معلوم ہو رہی تھی۔ وہ سوچنے لگا اس کی ماں آنگن میں بیٹھی کھانا پکا رہی ہوگی۔ گمو باہر گلی میں کھیل رہا ہوگا۔ اور اس کا باپ سمندر میں جال پھینک رہا ہوگا.... لیکن شاید آج یہ سب کچھ نہ ہو.... وہ گھر میں نہیں ہے، تو نہ گلو صحن میں کھیل رہا ہوگا نہ ماں نے کھانا پکایا ہوگا۔ اس نے رو رو کر آنکھیں سوجالی ہوں گی۔ وہ ہمیشہ ذرا سے دکھ میں رو پڑتی ہے۔ اس کی آدھی عمر روتے ہی کٹی ہے۔ باپ سمندر کے کنارے دور افق کو دیکھ رہا ہوگا جیسے افق کے پاس میں کھڑا ہوں۔ اسے امید ہوگی میں لوٹ آؤں گا۔ وہ زندگی سے ہمیشہ امید لگائے رکھتا ہے۔ اس نے میری ماں کو بالکل نہیں سمجھایا ہوگا کیونکہ وہ جانتا ہے کہ کسی ماں کو اس کے بیٹے کے لئے تسلی دینا بے کار ہے۔ بستی کے لوگ کیا کہتے ہوں گے۔ ایک دم اسے خیال آیا اگر میں ہمیشہ یوں ہی سمندر میں تیرتا رہا تو کیا ہوگا۔ نہ میرے پاس پانی ہے اور نہ کھانا۔ اس کا دل خوف سے دھڑکنے لگا۔ سمندر میں بہت سے جہاز چلتے ہیں وہ مجھے دیکھ لیں گے۔ لیکن اگر کوئی جہاز نہ گذرا۔ اسے خیال آیا۔ یہ کیسے ممکن ہے؟ دل نے کہا۔ پھر کبھی وہ سوچتا اگر کوئی جہاز آگیا اور لے ساتھ لے گیا تو وہ سمندر کیسے دیکھے گا۔ جل پریوں کے دیس کیسے جائے گا۔ عجیب عجیب خیال اس کے ذہن میں آرہے تھے۔ سمندر اسی طرح پرسکون تھا۔ اس کی لہریں منو کی کشتی کو چوم رہی تھیں۔ بس ذرا سورج اسے اکیلا سمجھ کر خوب چمک رہا تھا۔ آخر خدا خدا کر کے سورج ڈھلا۔ گرمی کی تپش کم ہوئی منو کی جان میں جان آئی

اسے بہت بھوک لگی تھی مگر اس نے بہت تھوڑے چاول کھائے۔ باقی رکھ لئے۔ سورج آہستہ آہستہ مغرب کی طرف جھکنے لگا۔ تھوڑی دیر میں دور سمندر میں ڈوب گیا۔ سیاہی پھیلتی گئی اور کچھ دیر بعد گہرا اندھیرا چھا گیا۔ منو کے دل میں خوف کی ایک لہر دوڑی۔ پھر دوسری۔ رات، اندھیرا اور نہ جانے کہاں تک پھیلا ہوا سمندر۔ منو نے سوچا اگر وہ ذرا سا بھی ڈرا تو اتنا خوف زدہ ہو جائے گا کہ پھر وہ شاید مر جائے۔ اس نے پکا ارادہ کر لیا کہ وہ ڈرے گا نہیں جو کچھ بھی ہو گا دیکھا جائے گا۔ اس نے دل میں کہا "میں نہیں ڈرتا" پھر وہ زور سے چلایا ...." میں نہیں ڈرتا ...." اس کی آواز دور تک چلی گئی ...." میں نہیں ڈرتا" اس کے دل کو ڈھارس ہوئی۔ پھر اس نے گانا شروع کر دیا۔ وہی گانا جو اس کی بستی کا ہر شخص گا سکتا تھا۔

ہم نے ایک سنہری مچھلی پکڑی ہے
سمندر ہمارے گھر دعوت پر آیا ہے
ہم اسے ناریل کا دودھ پلائیں گے
سمندر ہماری ماں ہے
سمندر ہمارا باپ ہے
ہم سمندر کے بیٹے ہیں

گانا گا کر منو کو بڑا سکون ہوا۔ وہ سمندر کا بیٹا ہے۔ اب اسے کس بات کا ڈر ہے۔ وہ کشتی میں لیٹ گیا۔ ذرا دیر گزری ہو گی کہ آسمان پر بہت بڑا چاند نکل آیا۔ سمندر پر روشنی ہو گئی۔ اب منو کا رہا سہا ڈر بھی جاتا رہا۔ وہ اکیلا

نہیں تھا۔ اس کے ساتھ چاند تھا۔ یہ اس کی بستی پر بھی چمک رہا ہوگا اور یہاں بھی روشن ہے۔ وہ اسے گھورتا رہا سوچتا رہا۔ پھر نہ جانے کب وہ سو گیا۔ لیکن خیالات نے اب بھی اس کا پیچھا نہ چھوڑا۔ خیالات خواب بن گئے۔ سمندر اس کی ماں اور بادل اس کا باپ۔ وہ ساری رات اپنی ماں کی گرم گود میں سوتا رہا۔ آنکھ کھلی تو سورج خاصہ بلند ہو گیا تھا اور لامتناہی سمندر کا سلسلہ ابھی ختم نہیں ہوا تھا۔ اچھی خاصی گرمی کے باوجود بھی وہ کشتی میں لیٹا رات خواب کے مزے لیتا رہا۔ پھر ایک دم اسے بھوک لگی۔ اس نے شام بھی بہت کم کھایا تھا۔ وہ اٹھا۔ کھانے کے لئے برتن کھولا تو پتہ چلا کہ چاول سڑ چکے تھے۔ منو کو بڑا افسوس ہوا۔ اسے معلوم ہوتا تو وہ رات ہی پیٹ بھر کر کھا لیتا۔ مگر اب کیا ہوگا بغیر کھانے کے کیسے گزارہ ہوگا۔ وہ سوچنے لگا۔ لیکایک اسے خیال آیا اس کے پاس جال ہے وہ مچھلیاں پکڑ سکتا ہے۔ وہ اپنی بیوقوفی پر ہنسا کہ خواہ مخواہ پریشان ہو رہا تھا۔ اس نے بادبان پر چڑھ کر جال اُتارا اور سمندر میں ڈال دیا۔ تھوڑی دیر بعد جب اس نے جال کھینچا تو اسے پتہ چلا کہ وہ بہت بھاری ہے۔ اس نے پوری قوت سے اسے کھینچا اس میں ایک بڑی سی مچھلی اور دو چھوٹی مچھلیاں موجود تھیں۔ منو نے کسی طرح کھینچ کھانچ کر انہیں کشتی میں ڈال لیا۔ بڑی مچھلی کے تڑپنے سے کشتی کا توازن بگڑ رہا تھا۔ منو کے لئے یہ پریشانی کا باعث تھی۔ اس نے ہمت سے کام لیا جال میں سے ایک ڈوری منہ سے کاٹی اور مچھلی کے منہ پر کسی نہ کسی طرح باندھ دی اس سے مچھلی کے تڑپنے میں کچھ کمی واقع ہوئی اور کشتی نے ہچکولے کھانے

بند کر دیئے۔ دونوں چھوٹی مچھلیاں کشتی میں اچھل اچھل کر دوبارہ گر رہی تھیں منو نے ان دونوں کو جال کے نیچے دبا دیا۔ اس عرصہ میں اس کا سانس پھول چکا تھا۔ وہ ایک طرف بیٹھ کر ہانپنے لگا۔ سامنے مچھلیاں زور زور سے سانس لے رہی تھیں۔ اب یہ سوال پیدا ہوا کہ آخر ان مچھلیوں کو کس طرح پکایا جائے۔ پکانا تو ممکن نہ تھا۔ پھر کیا کچی ہی کھا لی جائیں؟ منو کا دل نہ مانا کہ کچا گوشت کھائے۔ لیکن اگر کچا نہ کھائے تو آخر پھر کیا ہو؟ اس نے پہلے تو دونوں مچھلیوں کو جو اب صرف سسک رہی تھیں اور جال میں سے ایک ڈوری نکال کر اس کا سرا کشتی کی ایک طرف باندھ کر اس کو مچھلی کے پیٹ پر لپیٹ کر دوسرا سرا پوری طاقت سے کھینچا اور مچھلی کا گوشت دونوں طرف سے کٹ گیا صرف بیچ میں بڑا سا کانٹا رہ گیا۔ وہ منو نے ہاتھ سے توڑ دیا۔ لیکن اب کیا ہو۔ منو نے مچھلی کو دھوپ میں رکھ دیا اور خود بادبان پر جال ڈال کر اس کے سائے میں لیٹ گیا آہستہ آہستہ سورج کے ساتھ بھوک بھی چمکتی رہی آخر دوپہر کو منو کی بھوک ناقابلِ برداشت ہوگئی تو اس نے مچھلی اٹھائی اور آنکھیں بند کر کے اس پر منہ مارا اور ایک بوٹی نگل گیا۔ وہ بڑی مزے دار تھی منو ساری مچھلی چٹ کر گیا۔ وہ یوں ہی ڈر رہا تھا مچھلی کا گوشت بڑا لذیذ تھا۔ یا شاید منو کو بھوک میں لگا ہو۔ بہر حال اس نے پیٹ بھر کر کھایا۔ اور بچا کچھا پانی پیا۔ پانی اب صرف چند گھونٹ بچا تھا۔

یکایک کشتی زور سے ڈگمگائی۔ منو نے دیکھا بڑی مچھلی اپنی پوری طاقت سے اچھلی اور کشتی میں گرنے کی بجائے سمندر میں گر گئی اور چند لمحوں میں غائب

ہو گئی۔ منو حیران رہ گیا۔ اسے ڈر بھی لگا کہ یہ کیسی مچھلی تھی کہ بھاگ گئی۔ بہر حال منو کو فکر نہ تھی۔ اس کے پاس جال تھا وہ جب چاہے گا مچھلیاں پکڑ لے گا۔ ابھی ایک مچھلی باقی تھی۔ وہ بادبان کے سائے میں لیٹ گیا اور سوچنے لگا کہ اس طرح وہ کب تک سمندر میں بہتا رہے گا۔ آج اسے دوسرا دن ہو چکا ہے۔ اور اب تک اس نے کم و بیش چار سو میل کا سفر کر لیا ہو گا اور نہ جانے ابھی کتنے میل اور چلنا ہو گا۔ دو دن میں نہ کوئی جہاز آیا۔ نہ کوئی بستی۔ ہو سکتا ہے اب خشکی ختم ہو گئی ہو اور میں ہمیشہ سمندر میں سفر کرتا رہوں، نہیں یہ ممکن نہیں۔

پھر یکایک وہ تیزی سے اٹھا سامنے دور ایک جہاز کا اوپر کا سرا نظر آرہا تھا مگر وہ اتنی دور تھا کہ وہ منو کو دیکھ نہ سکتا تھا۔ منو اپنی کشتی میں کھڑا حسرت سے دیکھتا رہا۔ اور تھوڑی دیر بعد جہاز غائب ہو گیا۔ امید کی ایک کرن چمکی اور غائب ہو گئی۔ سمندر مجھے کہاں لے جائے گا، شام ہو گئی۔ پھر تاریکی چھا گئی۔ منو کو اپنی ماں بہت یاد آرہی تھی۔ اسے رات کو بھوک بھی نہ لگی۔ ساری رات وہ کبھی سو جاتا کبھی اس کی آنکھ کھل جاتی۔ صبح ہوئی۔ یہ منو کا تیسرا دن تھا۔ دن ویسا ہی چمکدار، سورج ویسا ہی تر و تازہ۔ مگر اب منو کا وہ جذبہ نہ تھا۔ وہ تھکا تھکا اداس اداس تھا۔ اس کے دل میں ایک خیال آرہا تھا۔ تم اسی کشتی میں مر جاؤ گے۔ اور تمہارا جسم وہیل مچھلیاں کھا لیں گی ..... نہیں ...... وہ دل کو تسلی دیتا .... سمندر میرے ساتھ یہ سلوک نہیں کرے گا۔ میں زندہ رہوں گا۔ اور سمندر کے سینے پر چل کر اس

سے کے سارے راز حاصل کروں گا۔ دن چڑھا تو منو نے کل کی بچی ہوئی مچھلی کھائی اب وہ اتنی مزے دار نہ لگی۔ مگر پیٹ تو بھرنا ہی تھا اس نے کسی نہ کسی طرح نگلی اور اوپر سے بچا ہوا پانی پی لیا۔ مچھلی ختم ہوئی۔ پانی ختم ہو گیا۔ منو کو شدید پیاس لگی تھی۔ مگر اب پانی کہاں۔ سمندر کا کھاری پانی جسے پی کر وہ زندہ نہ بچتا۔ اس لئے پیاس کی طرف سے اپنی توجہ ہٹانے لگا۔ کئی بار کی کوشش کے بعد وہ اس قابل ہو گیا کہ پانی کے بارے میں بالکل نہ سوچے۔ پھر سورج خاصہ بلند ہونے لگا۔ گرمی بڑھنے لگی۔ اور منو کے جسم سے طاقت کم ہونے لگی۔ اس کا جی چاہتا تھا۔ پیٹ بھر کر سمندر کا پانی پی لے چاہے کچھ ہو جائے۔ زیادہ سے زیادہ مر ہی تو جائے گا۔ مگر پیاس کی شدت سے تو بچ جائے گا۔۔۔ پانی۔۔۔؟ ہا کہاں ملے گا۔۔۔ کاش بارش ہو جائے۔۔۔ مگر کیسے۔۔۔ یا کوئی جہاز۔۔۔ کوئی بستی ہی آجائے۔۔۔ وہ سوچتا رہا۔ انتظار کرتا رہا۔

آخر دوپہر ہوئی۔ منو نے سوچا وہ دو ایک مچھلیاں ہی پکڑ لے۔ یہ سوچ کر اس نے بڑی مشکل سے جال سمندر میں ڈالا۔ تھوڑی دیر بعد اس نے پوری کوشش کی کہ جال کشتی میں کھینچ لے مگر اس میں اتنی بڑی مچھلی آگئی تھی کہ منو کو اپنی جان بچانے کے لئے جال چھوڑنا پڑا۔ ورنہ مچھلی منو کو پانی میں گھسیٹ لیتی۔ جال گیا۔ اب مچھلیاں پکڑنے کا آخری سہارا بھی ہاتھ سے گیا۔ پانی پہلے ہی ختم ہو گیا تھا۔ منو سوچنے لگا اب کیا ہو گا؟ وہی جو خدا کو منظور ہو گا۔ میں خود تو گھر سے نکلا نہیں اور جب آ ہی گیا ہوں تو جو کچھ بھی ہو برداشت کرنا ہے اب پریشانی سے فائدہ نہیں یہ سوچ کر اسے بڑی ڈھارس ہوئی۔ وہ کشتی

میں لیٹ کر آسمان کی طرف دیکھنے لگا۔ اِکا دُکا بادل اِدھر اُدھر پھر رہے تھے اگر یہ برس جائیں تو میں کم سے کم پیاس تو بجھا لوں۔ سفید بادلوں کے ٹکڑے آسمان پر شریر بچوں کی طرح کھیلتے پھر رہے تھے۔ اِدھر سے اُدھر دوڑ رہے تھے۔ منو سوچنے لگا سمندر کے کنارے گیلی ریت پر بستی کے بچے بھی اسی طرح کھیلتے ہیں۔ یہ ہواؤں کے بچے ہیں کاش میں بادلوں میں چلا جاؤں اور ان بچوں کے ساتھ کھیلوں۔ مگر پیاس ..... میں تو پانی پینا چاہتا ہوں ... پانی! جو ان سفید بادلوں سے بھرا پڑا ہے بالکل اس طرح جیسے اس کے چچا کی گائے کے تھنوں میں دودھ بھرا ہوتا ہے۔ سفید، میٹھا اور ہلکا گرم۔ یہ بادل ذرا برس جائیں۔ اپنا دودھ لٹا دیں۔ میں یہ پیوں گا۔ بادل شام تک اسی طرح اِدھر سے اُدھر چُہلیں کرتے پھرے۔ اور منو مغبیہ تھکے آسمان کی طرف دیکھتا رہا۔ اب وہ جو کچھ سوچتا اس میں نہ جانے پانی کہاں سے آ جاتا یہ سوچ سوچ کے وہ پیاسا ہو جاتا کہ پانی ملنے کی کوئی امید نہیں۔ ہو سکتا ہے میں پیاسا مر جاؤں۔ میں سمندر کا بیٹا ہوں لاکھوں من پانی سے بھرے سمندر سے میرے لئے ایک قطرہ بھی نہیں ..... نہیں ... نہیں .... وہ گھبرا کر اٹھ گیا۔ اس نے کشتی میں سے نیچے ہاتھ ڈالا پھر اس سے برداشت نہ ہوا اس نے دونوں ہاتھوں میں پانی بھرا .... "کیا کر رہے ہو پاگل ہوئے ہو"! اس کے دل سے آواز آئی۔ "پھر میں کیا کروں"! اس نے پانی دوبارہ سمندر میں پھینک دیا اور رونے لگا۔ روتے روتے سو گیا۔ اس نے خواب میں دیکھا وہ ایک سرسبز وادی میں جا رہا ہے جہاں سیب کے درختوں کے نیچے نیلے

پانیوں کے چشمے بہہ رہے ہیں۔ میٹھے پانی کے چشمے۔ وہ ایک چشمے سے پانی پی رہا ہے۔ مگر پیاس ہے کہ بجھتی ہی نہیں۔ نہ جانے کیسی پیاس ہے۔ اتنے میں منو کیا دیکھتا ہے کہ درخت کی شاخوں سے بوندیں ٹپک رہی ہیں۔ پھر باقاعدہ بارش ہونے لگی۔ اس کی آنکھ کھل گئی۔ منو گھبرا کر اٹھا۔ آسمان کے بادل اپنی چھاگلوں سے سارا دودھ بہا رہے تھے اور کشتی میں پانی جمع ہو رہا تھا۔ منو نے جلدی جلدی کشتی میں جمع پانی اپنے چلوؤں سے پیا۔ بہت سا پانی پینے کے بعد اسے کچھ تسلی ہوئی۔ پانی کے برتن میں بھی کچھ پانی بھر رہا تھا۔ منو کے دل میں خیال آیا میں سمندر کا بیٹا ہوں۔ اس نے مجھے سمندر کا کڑوا پانی پینے سے روکا تھا۔ اور اب میرے لئے ان بادلوں سے پانی برسایا ہے۔ بادلوں کی وجہ سے خاصہ اندھیرا ہو گیا تھا۔ ابھی بارش تیز زور سے برس رہی تھی۔ آج منو کو پہلی بار برستی بارش پہ پیار آیا۔ بادل کتنے اچھے ہیں۔ کتنی دور سے پانی کی بھری مشکیں اٹھا اٹھا کر لاتے ہیں۔ اب اسے کیا کرنا چاہیئے۔ وہ سوچنے لگا۔ میں کیا کر سکتا ہوں سوائے اس کے کہ بہادر بنا رہوں۔ ہمت سے کام لوں۔ اور جو مشکل بھی آئے اس پر قابو پاؤں۔ وہ یہی سوچتا سوچتا سو گیا۔ خواب میں اس کی ماں آئی۔ وہ اس کے لئے چاول لائی۔ گرم گرم بھاپ اٹھتے، نمک مرچ کے چپلے چاول اور اس کے ساتھ ہی کچے ناریل کی چٹنی۔ منو کو یہی پسند تھا۔ منو نے بے چینی سے چاولوں کی طرف ہاتھ بڑھایا۔ لیکن اس کا ہاتھ کسی نے پکڑ لیا۔ یہ کون تھا۔ ایک خوبصورت سی عورت۔ اس کے بازوؤں پر پر بھی تھے۔ "آؤ منو! میرے ساتھ چلو۔" اور منو کو نہ جانے کیا ہوا کہ اس نے ماں کا انتظار بھی نہ کیا

(جو اس کے لئے پانی لینے دوسرے کمرے میں گئی تھی) اور اس عورت کے ساتھ چلا آیا۔ وہ سمندر میں آیا۔ سمندر میں سفید سفید بالوں والا بوڑھا اس کا انتظار کر رہا تھا۔ پھر وہ اسے سیپ کے بنے ہوئے ایک محل میں لے گئے جہاں ایک کمرے میں خوبصورت طرح طرح کے کھانے رکھے تھے۔ منو بھوکا تھا ان پر جھپٹ پڑا مگر وہ سارے کھانے بدمزہ تھے۔ منو کو تعجب ہوا کہ اتنے اچھے اچھے کھانے مزے دار نہیں ہیں۔ منو کو ایک دم اپنی ماں یاد آئی۔ فوراً اس کی سمجھ میں آگیا کہ کھانے اسلئے بدمزہ ہیں کہ اس میں اس کی ماں کا ہاتھ نہیں۔ اس کا خواب ٹوٹ گیا۔ ابھی رات کا ایک پہر باقی تھا۔ آسمان پر چاند بادلوں سے کھیل رہا تھا۔ آسمان بڑا اچھا لگ رہا تھا۔ منو کے پیٹ میں بھوک سے آگ سی لگ رہی تھی۔ اس نے سوچا اگر یہ چاند بڑی سی روٹی ہوتا۔ پھر وہ پیٹ بھر کر کھاتا۔ مگر اب وہ چاہتا تھا صبح ہو جائے۔ مگر بھوک سے نیند بھی دور بھاگ گئی تھی۔ بھوک ... بھوک .... خدا خدا کر کے صبح ہوئی۔ مشرق سے بڑا سا سرخ سرخ سورج نکلا مگر آج آسمان پر اکّا دُکّا بادل موجود تھے اس لئے اس کی تپش زیادہ نہیں تھی۔

منو بھوک سے نڈھال پڑا تھا۔ اوپر سورج اور بادلوں سے بھرا آسمان تھا اور کشتی کے نیچے لامتناہی فاصلے تک پھیلا ہوا سمندر۔ اور ان دونوں کے بیچ میں منو۔ بیچارہ!! سمندر جو چاہے اس سے سلوک کرے۔ آسمان اپنی مرضی کے مطابق اسے پریشان کر سکے۔ منو نے سوچا اس کا قصور کیا ہے۔ جو وہ اس مصیبت میں گرفتار ہو گیا ہے۔ وہ سمندر سے محبت کرتا تھا۔ لیکن اسے

پتہ نہیں تھا کہ سمندر اتنا ظالم ہے۔ بھلا وہ بھوکا کیسے رہ سکتا ہے۔ وہ کھانا کھائے گا۔ مگر کیسے؟ اگر وہ گھر ہوتا تو ضرور پیٹ بھر کر مصالحے کے پیلے چاول کچے ناریل کی چٹنی کے ساتھ کھاتا۔ میٹھا ٹھنڈا پانی پیتا اور سمندر کے کنارے گیلی ریت پر سو جاتا۔

سورج بلند ہوتا رہا۔ منو بارش کا پانی ایک ایک گھونٹ پیتا رہا۔ اب اس کے تصور میں نہ بادل تھے نہ پریاں، نہ رنگین مچھلیاں۔ بلکہ اب بھاپ اٹھتے چاول، کراری روٹیاں اور ناریل کا دودھ اس کے خیالوں میں لبا ہوا تھا۔

سورج دوپہر کے بعد ڈھلنے لگا۔ منو بے حال پڑا رہا۔ اب اس میں اتنی طاقت بھی نہیں تھی کہ اٹھ کر کشتی کے دوسرے سرے تک جا سکے۔

شام ہوئی اور پھر رات آ گئی۔ مگر منو کو نیند نہ آئی۔ ساری رات یوں ہی گزر گئی۔ آسمان پر روشن چاند تھا۔ مگر منو کو نیند نہ آئی۔ ساری رات یوں ہی گزر گئی۔ منو کو چاند اچھا لگا نہ آسمان۔ بھلا یہ سب چیزیں کس کام کی۔ پیٹ خالی ہو تو یہ سب چیزیں بے کار ہیں۔ سمندر ظالم ہے، چاند بے رحم اور آسمان لاپروا۔ وہ ان سب سے نفرت کرتا ہے۔

رات بڑی آہستہ آہستہ چل رہی تھی۔ منو کے لئے یہ رات بڑی بھاری تھی آج اسے سمندر میں چوتھا دن تھا۔ رات دبے پاؤں اس رفتار سے گزر رہی تھی جس رفتار سے کشتی چل رہی تھی۔ منو سوچ رہا تھا شاید اس نے کبھی کھانا ہی نہیں کھایا۔ بھلا کھانے کا مزہ کیسا ہوتا ہے؟ کیا میٹھا... نمکدار... نہ جانے کیسا؟ منہ تو میٹھا میٹھا ہے۔ نہ جانے کھانا کیسا ہوتا ہے۔ اسے یوں لگا۔

جیسے وہ برسوں سے کشتی ہی سفر کر رہا ہو اور دنیا میں بس سمندر ہی سمندر ہے انسان کہیں بستے ہی نہیں۔ اس کی بستی۔ اس کی ماں اور سب کچھ ایک خواب تھا۔ جس کے بعد اس کی آنکھ کھل گئی ہے۔ وہ سمندر کے سینے پر ہمیشہ سے سفر کر رہا ہے اور یوں ہی سفر کرتا رہے گا۔ آخر ایک دن مر جائے گا اور سمندر کی مچھلیاں اسے کھا جائیں گی۔ اس نے اپنی ٹانگوں کو دیکھا۔ اپنے بازوؤں کو دیکھا۔ یہ سب مچھلیوں کی خوراک بنے گا .... نہیں نہیں.... میں ایسا نہیں ہونے دوں گا۔ یہ کیسے ممکن ہے .... وہ گھبرا کر اٹھ گیا۔

صبح کا آنچل لہرانے والا تھا۔ مشرق سے صبح کاذب کے آثار نظر آرہے تھے۔

سورج طلوع ہوا۔ منو نے اس کی طرف دیکھا تک نہیں۔ وہ سوچ رہا تھا۔ میں سمندر میں کبھی پیدا نہیں ہوا۔ میں مچھیروں کی بستی میں رہتا تھا۔ میری ماں، میرا باپ، میرا بھائی ہم سب بڑے سکون سے زندگی گزار رہے تھے۔ مگر سمندر نے مجھے میرے باپ ماں سے جدا کر دیا۔ میں سمندر میں ہوں اور اب کبھی واپس نہیں جا سکتا نہ کبھی اپنی ماں کو دیکھ سکتا ہوں۔ نہ کبھی اپنے باپ سے مل سکتا ہوں۔ میرا چھوٹا بھائی گلو کس کے ساتھ کھیل رہا ہوگا۔ یہ سب کہاں ہوں گے ...." وہ کمزوری میں ڈوبتا جا رہا تھا۔

سورج آہستہ آہستہ بلند ہوتا جا رہا تھا۔ بھوک اور کمزوری سے منو کی آنکھیں بند ہوتی جا رہی تھیں۔ نیم بے ہوشی اس پر طاری ہوتی جا رہی تھی۔ کہیں یہ موت کی غنودگی تو نہیں۔ منو نے سوچا۔ وہ شاید مر رہا ہے۔ لیکن تنہا۔ نہ کوئی اس کے آس پاس ہے نہ کوئی رو رہا ہے۔ اسے یاد آیا۔ جب اس کی دادی مری تھی کتنے لوگ جمع ہوئے تھے اور اس کا باپ کیسا کیسا رویا تھا اور کئی دن تک روتا رہا تھا۔ ماں بھی دوپٹے میں آہستہ آہستہ آنسو بہاتی رہی تھی۔ خود منو بھی خوب رویا تھا۔ دادی اسے بڑا پیار کرتی تھی نا۔ لیکن یہ کیسی موت ہے۔ جب وہ تنہا مر رہا ہے۔ نہ کوئی رونے والا نہ کوئی دوا پلانے والا۔ وہ مرنا نہیں چاہتا تھا مگر موت اس کا گلا دبا رہی تھی۔ آہستہ آہستہ۔ اس نے آنکھیں کھولیں مگر اسے سب کچھ دھندلا دھندلا سا نظر آیا۔ منو کو یقین ہو گیا کہ وہ مر رہا ہے اس نے شدت سے ماں کو یاد کیا اور زور سے پکارا بھی۔ مگر کانوں نے اس کی آواز نہ سنی۔ شاید کانوں نے کام کرنا بند کر دیا تھا۔ یا ہو سکتا ہے زبان ہی نہ بولی ہو۔ زبان بند ہو گئی۔ کان بند ہو گئے۔ ایک دل دھڑک رہا تھا یہ کب بند ہو گا۔ میں مر رہا ہوں ... میرے بعد میرے جسم کو کشتی نہ جانے کہاں بہا کر لے جائے گی .... میری بستی .... نہ ... اب کہاں ؟ .... پھر کہاں ؟ میری بلا سے جب میں نے زندگی میں پرواہ نہیں کی تو آخر موت کے بعد مجھے کیا فکر کرنی چاہیئے۔ اس نے محسوس کیا کہ اندھیرا بڑھتا جا رہا ہے۔ ہوا آہستہ آہستہ تیز ہو رہی ہے۔ اس کا شور تیز ہو رہا ہے۔ کانوں میں سیٹیاں بج رہی ہیں۔ شاید موت کے وقت ایسا ہی ہوتا ہے۔ بس آخر مر گیا... سمندر

کی محبت میں۔ اور سمندر ——— اسے مجھ سے کیا دلچسپی ہے؟ ماں یوں ہی کہتی ہے سمندر میری ماں ہے ۔ ماں کبھی اپنے بیٹے کے ساتھ ایسا برتاؤ کرتی ہے ۔ نہیں۔ پھر یہ میری ماں نہیں۔ میری ماں تو وہ ہے جو میرے درد میں اپنی آنکھیں بھگو لیتی ہے ۔ اس کے سینے میں درد اٹھا۔ اس نے ماں کو یاد کیا۔ اسے لگا جیسے اس کی ماں آگئی ہو اور اپنے لال کو سینے سے لگا کر اس کا درد دور کر رہی ہو ہواؤں نے طوفان کا رخ اختیار کر لیا بارش ہونے لگی۔ سمندر کا پانی زور سے اچھلنے لگا ۔کشتی ڈگمگانے لگی ۔منو نے سوچا یہ موت کا طوفان ہے ۔مگر سمندر میں طوفان آچکا تھا۔ زبردست بارش شروع ہو چکی تھی ۔کشتی تنکے کی طرح ادھر اُدھر بھٹک رہی تھی ۔پانی کا جوش ہر لمحہ بڑھتا جا رہا تھا۔ وہ چاہتا تھا ہر چیز کو توڑ پھوڑ کر رکھ دے اور ساری دنیا پر چھا جائے ۔

منو کی کمزور آنکھوں سے چاروں طرف اندھیرا ہی اندھیرا نظر آرہا تھا۔جسم پر بارش پڑ رہی تھی۔ کانوں میں سیٹیاں بج رہی تھیں اور کشتی لہروں پر تنکے کی طرح اوپر نیچے آرہی تھی ۔منو سمجھ رہا تھا یہ موت کا طوفان ہے کیونکہ وہ مر رہا ہے اس لئے یہ سب کچھ محسوس کر رہا ہے۔ تھوڑی دیر بعد اس کی روح آزاد ہو جائے گی ۔ پھر وہ اپنے گھر جائے گا۔ بالکل اسی طرح جیسے اس کی ماں کہتی تھی کہ دادی کی روح گھر میں آتی ہے ۔ پھر اس نے سوچا وہ جلدی مر جائے تو اچھا ہے ۔طوفان کا زور بہت بڑھ گیا ۔ سمندر کا پانی تیزی سے اچھلا ۔کشتی الٹ گئی ۔منو سمندر کے پانی میں گر گیا ۔ اس نے کوئی ہاتھ پاؤں نہ مارے ۔ نہ اس میں طاقت تھی ۔ اور پھر وہ تو مر چکا تھا ۔منو گہرے سمندر میں نیچے اترنے لگا.... اور مر گیا.

منو کی آنکھ کھلی تو اس نے دیکھا وہ ایک وادی میں پڑا ہے۔ اس کے سامنے جنگل ہے۔ سرسبز۔ پتوں اور پھولوں سے ڈھکا۔ بعض درختوں میں پھل بھی لدے ہوئے ہیں۔ سرخ، پیلے، اودے۔ منو نے سوچا یہ ضرور جنت ہے۔ میں مر کر جنّت میں آگیا ہوں۔ پھر اس نے اپنے پیچھے سمندر کی لہروں کی آواز سنی اس نے گردن گھما کر دیکھا وہ سمندر کے کنارے پڑا تھا۔ یہ جنّت نہیں ہو سکتی بھلا جنت میں اس ظالم سمندر کا کیا کام۔ تو اس کا مطلب ہے میں مرا ابھی نہیں ہاں زندہ ہوں . . . میں بول کر دیکھوں ــــــ اس نے سوچا ــــــ لیکن کیا بولوں ــــــ اسے زبان کھولتے ڈر لگا۔ ہمت کر کے اس نے پکارا . . ."ماں" وہ خوشی سے کھل اٹھا ــــــ اس کے کانوں نے سنا ــــــ "ماں" ــــــ اس کے دل میں آواز آئی ــــــ "ماں"! . . . رس میں ڈوبا محبت بھرا نام۔ میں زندہ ہوں ماں۔ وہ چیخا۔ اسی لمحے اسے شدید بھوک لگی۔ وہ اپنی جگہ سے اٹھا۔ مگر چکرا کر بیٹھ گیا۔ کمزوری . . . وہ آہستہ آہستہ پھر اٹھا اور جنگل کی طرف چلا۔ تھوڑی دور جب وہ درختوں کے نیچے پہنچا تو اس نے دیکھا زمین پر بہت سے پھل پڑے ہیں۔ اس نے جلدی جلدی وحشیوں کی طرح کھانے شروع کر دیے۔ اتنے بہت اتنے بہت سے کہ اس کا پیٹ اوپر تک بھر گیا۔ پھل کا مزہ کیا تھا، وہ پکے تھے یا کچے۔ وہ کیا پھل تھے؟ یہ کام منو کا نہیں تھا۔ وہ تو صرف کھا رہا تھا۔ پھل کھا رہا تھا۔ پھل کھا کر اس نے ایک اوپر سے گرا ہوا ناریل اٹھایا۔ وہ سر جھکا تھا۔ مگر اس میں پانی تھا۔ منو نے اسے منہ سے لگالیا۔ کھا پی کر اسے خیال آیا۔ سمندر میں طوفان تھا۔ اور نزدیک ہی کوئی بستی۔ میں سمندر میں گر گیا تو لہروں نے مجھے اس

بستی کے ساحل پر لا ڈالا۔ سمندر نے اس کا خیال کیا۔ ورنہ اس کے سینہ پر تیرنے والی مچھلیاں منو کو نگل جاتیں۔ دور سے سمندر نظر آرہا تھا۔ اس نے اس کی اُٹھتی ہوئی لہروں کو پیار سے دیکھا۔ ایک درخت کے نیچے لیٹا اور گہری نیند نے اس کو اپنی گود میں لے لیا۔ وہ سوتا رہا۔

منو کی آنکھ کھلی تو سارے جنگل میں گہرا اندھیرا چھایا ہوا تھا اور جنگل جانوروں کے بولنے کی آوازیں آرہی تھیں۔ منو نے سوچا اب کیا کیا جائے۔ اگر کوئی درندہ اس طرف آگیا تو کیا ہوگا! میرا خیال ہے کسی درخت پر سو جانا چاہیے۔ لیکن درخت پر کیسے چڑھا جائے۔ منو نے ایک گھنے سے درخت کا انتخاب کر لیا اور کسی نہ کسی طرح اس پر چڑھ گیا۔ اوپر ایک بڑی سی موٹی سی شاخ پر دوسری شاخ گزر رہی تھی اور دونوں شاخوں کے درمیان ایک آدمی با آسانی لیٹ سکتا تھا۔ مگر منو نے سوچا وہ درخت پر بیٹھ کر رات گزار دے گا۔ وہ جیسے ہی شاخ پر بیٹھا اسے ایک زبردست پھنکار سنائی دی۔ منو کا دل دھڑکنے لگا۔ اس نے پلٹ کر دیکھا۔ اُف!! اندھیرے میں دو سرخ آنکھیں چمک رہی تھیں۔ وہ بہت بڑا ناگ تھا۔ وہ دوبارہ پھنکارا۔ منو نے سوچا وہ کیا کرے۔ ناگ کو مار دے۔ مگر کیسے اس کے پاس تو کچھ بھی نہیں۔ پھر وہ درخت سے چھلانگ لگائے لیکن اتنے اونچے درخت سے چھلانگ لگانے سے

اس کی ٹانگ ضرور ٹوٹے گی۔ اس نے سوچا ایسا بھی ممکن نہیں ہے کہ وہ ناگ سے دوستی کر لے۔ لیکن ناگ اس بات پر تیار نہ ہوگا۔ میں کوشش تو کروں۔ منو نے سوچا۔ ناگ پھر پھنکارا اور زیادہ نزدیک آیا۔ منو نے دیکھا اس کی آنکھوں سے منہ سے شعلے نکل رہے ہیں۔ اس نے ناگ کی طرف دیکھا مسکرایا اور آہستہ سے شاخ پر لیٹ گیا۔ ناگ پھر پھنکارا اور منو کی طرف سرکا۔ منو کا خوف کے مارے برا حال ہوگیا۔ اب یہ ضرور مجھے ڈس لے گا۔ منو نے دیکھا برابر کی شاخ پر ناگ سرک آیا ہے۔ پھر عجیب بات ہوئی۔ ناگ خاموشی سے واپس چلا گیا۔ چلو۔ اچھا ہوا۔ منو خوش ہوگیا۔ یہ درخت ناگ کی پناہ گاہ ہے اور اب اس نے مجھے مہمان بنالیا ہے۔ وہ سمجھ گیا ہے کہ میں اس کے لئے پریشانی کا باعث نہیں بنوں گا۔ ہم اور ناگ دونوں ایک ساتھ رہ سکتے ہیں۔ جنگل میں گیدڑوں کے رونے، لومڑیوں کے چلّانے کی آوازیں آرہی تھیں۔ نہ جانے کتنی رات باقی ہے۔ اس جنگل میں ضرور کوئی آبادی ہوگی۔ اتنا ہرا بھرا جنگل۔ میں صبح جنگل میں کسی آدمی کو تلاش کرلوں گا۔ پھر کسی طرح سے اپنی بستی واپس جانے کی کوشش کروں گا۔ نہ جانے میری بستی کتنی دور ہے۔ خیر دیکھا جائے گا صبح تو ہو۔ آسمان پر ابھی تک بادل چھائے ہوئے تھے۔ لیکن اس جنگل میں معلوم ہوتا ہے بارش نہیں ہوئی ورنہ ہر طرف پانی ہی پانی ہوتا۔ منو کو پیاس لگ رہی تھی۔ اس جنگل میں پانی ضرور ہوگا شاید کوئی چشمہ یا نہر۔ صبح ہو تو پیٹ بھر کر پانی پیوں گا۔ سوچتے سوچتے صبح ہوگئی۔ صبح کیا ہوئی سارا جنگل جاگ اٹھا۔ پرندے چہچہانے لگے۔ چھوٹے چھوٹے جانور جھاڑیوں میں ادھر سے

اُدھر آنے لگے۔ منو نے دیکھا سارا جنگل سبزے سے بھرا پڑا تھا اور رنگ برنگ کے پھول کھلے تھے۔ لمبے لمبے درختوں پر کہیں کہیں پھول دار بیلیں بھری پڑی ہیں منو جنگل میں گھوم رہا تھا۔ جنگل کے بیچ میں خوب صورت دریا بہتا ہوا سمندر میں گر رہا تھا۔ منو پریشان تھا کہ ابھی تک جنگل میں کوئی آدمی نظر نہیں آیا۔ یہ کیسے ممکن ہے کہ اس خوب صورت علاقے میں کوئی آدمی موجود نہ ہو لیکن انسان کا نام و نشان بھی نہ تھا۔ پھر وہ کیا کرے؟

جنگل میں جگہ جگہ درختوں پر پھل لگے تھے۔ بہت سے پھل ایسے تھے جو منو نے کبھی دیکھے بھی نہیں تھے۔ وہ سارے پھل چکھ کر دیکھ رہا تھا۔ عجیب عجیب مزہ تھا۔ کھٹا۔ میٹھا۔ مگر تھے سب مزے دار۔ جنگل میں بڑی خوب صورت جگہیں تھیں جہاں زمین پر لمبی لمبی گھاس اُگی ہوئی تھی۔ ہوا سے گھاس لہراتی تو اس کے نیچے اودے پھول کھلے ہوئے نظر آتے اور گھاس سے اوپر لیچی سے لدا ہوا درخت۔ لیچی منو نے ایک بار اپنی بستی میں بھی کھائی تھی۔ چھلکا اتارو تو ابلے ہوئے انڈے کی طرح پھل نکل آتے اور میٹھا بہت زیادہ۔ ایک جگہ اسے اناس بھی لگے نظر آئے۔ منو سوچ رہا تھا یہ اتنے بڑے پھل اور پھول کس نے لگائے ہیں نہ آدم، نہ آدم زاد۔ عجیب بات ہے۔ کاش میرے ابا اور اماں بھی ساتھ ہوتے تو کتنا مزہ آتا۔

لیکا یک اسے خیال آیا یہ ضرور پریوں کی بستی ہے جہاں رات کو پریاں اترتی ہوں گی۔ جب ہی تو اتنا خوبصورت جنگل ہے یہ۔ چلو اچھا ہوا میں

پریوں کے دیس میں آگیا ہوں۔ اب میں ان سے کہوں گا وہ مجھے میرے گھر چھوڑ کر آجائیں گی پھر کیسا لطف رہے گا۔ دریا کے کنارے وہ ایک بڑے سے پتھر پر بیٹھ کر دریا کے شفاف پانی کو دیکھنے لگا۔

صبح سے چلتے چلتے وہ تھک گیا تھا۔ اس نے سوچا تھوڑی دیر کے لئے گھاس پر لیٹ جانا چاہیے۔ یہ سوچ کر وہ دریا کے کنارے ہی سبزے پر لیٹ گیا اور تھوڑی دیر کے لئے اس کی آنکھ لگ گئی۔ یکایک وہ چونک کر اٹھ گیا۔ کوئی اس کے سر پر غرا رہا تھا۔ منو نے دیکھا اور ڈر گیا۔ سرخ سرخ آنکھوں والا ایک بندر اس کے سر پر کھڑا اسے گھور رہا تھا۔ بُرے پھنسے منو نے سوچا یہ تو اب ضرور کوئی شرارت کرے گا۔ بہت دن ہوئے جب وہ اپنے ابا کے ساتھ شہر گیا تھا تو اس نے بالکل ایسا ہی بندر چڑیا گھر میں دیکھا تھا۔ وہ پنجرے میں بڑے مزے سے آدمیوں کی طرح زمین پر بیٹھا امرود کھا رہا تھا۔ منو نے سوچا اگر وہ ڈر گیا تو یہ اور ڈرائے گا۔ اس لئے بہادری کا تقاضہ یہی ہے کہ وہ بالکل ایسا دکھائی دے جیسے اسے فکر ہی نہیں اس فیصلے کے بعد وہ دوبارہ آنکھیں بند کر کے ایسے لیٹ گیا جیسے سو گیا ہو۔ بندر کو یہ بات بہت بری لگی۔ وہ دوبارہ غرایا۔ منو نے پلٹ کر دیکھا اور مسکرانے لگا۔ پھر آہستہ سے اٹھا۔ بندر ذرا سا پیچھے ہٹا۔ منو نے اس کے کاندھے پر ہاتھ رکھنا چاہا۔ تو نہ جانے کیا ہوا۔ بندر جھٹ بھاگ کر ایک درخت پر جا چڑھا۔ اور درختوں پر کودتا ہوا یہ جا وہ جا۔ منو پہلی مرتبہ ہنسا۔ عجیب جانور ہے۔ ڈر گیا۔ مجھ سے۔ منو کی قمیض اور پاجامہ کئی

جگہ سے پھٹ چکا تھا۔ بال بکھرے ہوئے تھے۔ اگر کوئی اسے اس حالت میں دیکھ لیتا تو ڈر جاتا۔ منو جی بھر کر دریا میں نہایا۔ اسے یوں لگا جیسے اس کا بہت سا وزن ہلکا ہو گیا ہے۔ پھر وہ جنگل کی طرف چلا۔ جب وہ ایک درخت کے نیچے سے گزرا تو ڈر کر چیخ پڑا۔ اس کے کاندھے پر کوئی جانور کود پڑا۔ منو زمین پر گر پڑا اس نے دیکھا سامنے وہی بندر کھڑا دانت نکال رہا تھا۔ منو زمین پر پڑا بندر کو دیکھتا رہا۔ ایک دم سے بندر چھلانگیں مارتا بھاگ گیا اور منو زمین سے اٹھ کر کھڑا ہوا تو اپنے دونوں ہاتھوں میں ایک ناریل لے کر واپس آیا۔ اور منو کو دے دیا۔ اچھا... تو دوستی ہو گئی۔ منو نے کہا اور بندر کے سر پر ہاتھ بندر نے دوبارہ دانت دکھانے شروع کر دیئے۔ منو نے ناریل توڑ کر اس میں سے پانی پیا اور تھوڑا سا ناریل بندر کو دے دیا۔ اس نے جھٹ چبا کر کھا لیا۔ منو کو بڑی خوشی ہوئی۔ آخر اسے کوئی دوست تو ملا۔ پھر وہ اور بندر دونوں جنگل میں گھومنے لگے۔

بندر بڑے مزے کا آدمی تھا۔ جیسے ہی اس کے سامنے کوئی درخت آتا جس پر پھل لدے نظر آتے وہ تیزی سے بھاگ کر جاتا اور جھٹ پھل توڑ کر منو کو لا دیتا۔ منو تھوڑا سا کھا کر باقی بندر کو دے دیتا اور بندر جلدی سے کھا کر دانت نکالنے لگتا۔ کبھی کبھی وہ کوئی خوبصورت پھول توڑ کر لاتا۔ منو اس کے کان پر لگا دیتا۔ بندر بھاگ کر کسی پیڑ پر چڑھ جاتا اور چھلانگیں لگاتا غائب ہو جاتا۔ منو چاروں طرف دیکھتا۔ تھوڑی دیر میں نہ جانے کہاں سے واپس آ جاتا۔ شام تک منو اور بندر ایک ساتھ گھومتے رہے۔ دونوں گہرے دوست

بن گئے۔ منو نے اسے بہت سی باتیں بتائیں کہ وہ کیسے یہاں پہنچا۔ اور بندر نے بڑی سنجیدگی سے اس کی باتیں سنیں۔ اس کی آنکھوں سے پتہ چلتا تھا کہ وہ گہری سوچ میں ہے۔ منو کو اپنا دکھ اسے بتا کر بڑا سکون ملا۔ جیسے اس کا کوئی بھائی ہو جس نے اس کی ساری داستان سنی۔ اور سنجیدگی سے سوچ رہا ہو۔ وہ بندر، اس جنگل کا بڑا شرارتی بندر شمار ہوتا تھا کسی لمحہ چین ہی نہیں۔ ابھی اس درخت پر ابھی اس شاخ پر۔ کسی پھل پر ذرا سا منہ مارا اور چھوڑ دیا۔ زمین پر دھم سے کود گیا۔ کچھ نہیں تو گھاس ہی توڑ دی۔ دریا میں جا کر پانی اچھالنے لگا۔ زیبرا درخت کے پتے کھا رہا ہے۔ جھٹ اس کی کمر پر کودا اور دوسرے درخت کی شاخ سے لٹک گیا۔ ماں باپ کا کہنا اس نے کبھی نہ مانا تھا۔ اس لیے اس کی کوئی بھی پروا نہ کرتا تھا۔ اور وہ بھی جنگل کے کونے کونے میں اچھلتا پھرتا منو کو دیکھ کر اس نے اسے دوست بنا لیا۔

رات ہوئی تو بندر منو کو ایک غار میں لے گیا۔ منو اس کے ساتھ اندر گیا۔ چھوٹا سا غار تھا۔ بندر بھاگ کر باہر چلا گیا۔ تھوڑی سی دیر بعد بہت سی گھاس توڑ لایا اور زمین پر ڈال کر بھاگ گیا۔ منو بھی اس کے پیچھے بھاگا اور اور جہاں وہ گھاس توڑ رہا تھا وہاں سے خود بھی گھاس لے کر آیا۔ گھاس سے دو نرم نرم بستر بنائے گئے اور منو گھاس کے بستر پر لیٹ گیا۔ بندر بیٹھا رہا۔ شاید اسے نیند نہیں آ رہی تھی۔ منو اس سے باتیں کرتا رہا اور وہ خیاؤں خیاؤں کر کے جواب دیتا رہا۔ منو اس سے باتیں کرتے کرتے سو گیا۔ رات کو دو ایک بار اس کی آنکھ کھلی۔ اسے لگا ابھی وہ کشتی میں سفر کر رہا ہے

صبح جب وہ اٹھا تو اس نے دیکھا۔ اس کے سرہانے کچھ کیلے، پپیاں، اننّاس اور دو تین ناریل پڑے ہیں۔ اتنے میں بندر غار میں داخل ہوا اور دانت نکالنے لگا۔

"آؤ دوست تم نے شاید ناشتے کا بندوبست کیا ہے۔" منو بولا۔

"خیاؤں خیاؤں ......" بندر بولا۔

پھر دونوں ناشتہ کرنے لگے۔ کیلے، اننّاس، پپیّ۔ منو نے پیٹ بھر کر کھائے اور ناریل کا پانی پیا۔ ناشتہ کر کے دونوں دریا کی طرف گئے۔ منو دریا میں خوب نہایا۔ اور بندر اپنے سر کی جوئیں چُن چُن کر کھاتا رہا۔

نہا کر منو نے اس سے پوچھا۔

"دوست یہاں کوئی آدمی نہیں؟"

بندر نے انکار میں گردن ہلا دی۔

"یار تعجب ہے۔ اتنا خوبصورت جنگل اور یہاں آدم نہ آدم زاد!"

بندر نے دانت نکال دیئے۔ جیسے جنگل میں انسانوں کا نہ ہونا اچھی بات ہے۔

"آؤ جنگل میں گھومیں۔" منو بولا۔

دونوں گھوم رہے تھے۔

بندر ایک ایک چیز منو کو اس طرح دکھا رہا تھا۔ جیسے یہ سب اس کا گھر

ہو اور منو اس کا مہمان۔

دوپہر کو بندر تھوڑی دیر کے لئے غائب ہو گیا۔ آیا تو ایک چھوٹے سے ہرن پر بیٹھا تھا۔ منو کو بڑا تعجب ہوا۔ ہرن نزدیک آیا تو بندر نے چھلانگ لگا دی۔ ہرن منو کے اور قریب آ گیا۔ اسے تعجب ہوا کہ بھلا ہرن آخر میرے نزدیک کیوں آ گیا۔

"خیاؤں خیاؤں۔" بندر بولا۔ اپنے سینے پر ہاتھ رکھ کر ہرن پر ہاتھ رکھا۔ اس کا مطلب منو یہ سمجھا کہ ہرن بھی بندر کا دوست ہے اور اب میرا بھی دوست بنے گا۔ منو نے صحیح اندازہ لگایا تھا۔ بندر کا دوست ہرن منو سے ملنے آیا تھا۔ منو نے ہرن کی کمر پر ہاتھ رکھا تو اس نے اپنا سر اس کی گود میں ڈال دیا۔ منو کو اس پر بڑا پیار آیا۔ جانوروں میں کتنی محبت ہے۔ اس کی خوبصورت آنکھیں، خوبصورت جسم۔ اب منو کے دو دوست ہو گئے۔ خوبصورت ہرن، عقلمند بندر۔ منو کو بھلا کیا فکر ہوتی۔

اب منو، بندر اور ہرن تینوں ایک ساتھ جنگل میں گھوم رہے تھے۔ منو ان دونوں سے باتیں کرتا جا رہا تھا۔ دیکھو بھئی یوں بات نہیں بنتی اس نے کہا۔ میں تم دونوں کا کوئی اچھا سا نام رکھوں گا۔

"بھلا بتاؤں تمہارا کیا نام رکھوں؟" منو نے بندر سے پوچھا۔ وہ دانت نکالنے لگا۔

"چلو تمہارا نام میں گگو رکھتا ہوں۔ تم میرے بھائی ہو۔" منو بولا۔

"تم آج سے چنو ہو۔ چلو...!" منو، گگو اور چنو۔ ہم تینوں بھائی ہیں۔"

منو خوش ہو کر بولا۔

"اچھا بھئی دوستو اب تم ایک کام کرو۔ لیکن پہلے بتاؤ تم نے یہاں کسی آدمی کو دیکھا ہے؟"

"خیاؤں خیاؤں۔" بندر نے انکار میں گردن ہلا دی۔

"اور تم چنٌو؟"

بندر نے چنو کا سر اپنے ہاتھ سے انکار میں ہلا دیا۔

"منو خوب ہنسا۔ "لو بھئی تم لوگوں نے تو انکار کر دیا۔"

ابھی یہ باتیں ہو رہی تھیں کہ بندر نے زمین سے کان لگائے اور خیاؤں خیاؤں کرنے لگا۔ ہرن کے کان بھی کھڑے ہو گئے۔ بندر نے جلدی سے منو کا ہاتھ پکڑا اور درختوں کے جھنڈ کی طرف گھسیٹنے لگا۔ منو حیران تھا کہ کیا ہو۔ آخر وہ بندر کے اصرار پر درختوں کی طرف چل پڑا۔ ہرن بھی اسی طرف لپکا۔ تھوڑی دور جا کر تینوں ایک جگہ جمع ہو گئے۔

"لیکن یہ سب کیا ہے... کون آرہا ہے؟" منو نے پوچھا۔

"خیاؤں..." بندر بولا۔ اور اپنے منہ پر ہاتھ رکھ کر منو کو خاموش رہنے کی ہدایت کی۔

منو خاموش ہو گیا۔ چند منٹ بعد درختوں کے ٹوٹنے، جانوروں کے بھاگنے کی آوازیں آنے لگیں۔ منو سمجھ گیا ضرور کوئی درندہ آرہا ہے۔ چنو کی ٹانگیں بری طرح کانپ رہی تھیں۔ منو کو اس پر بڑا ترس آیا۔ مگر میاں بھی حد درجہ پریشان نظر آرہے تھے۔ آخر منو نے دیکھا۔ ایک بڑا سا سیاہ ہاتھی جھومتا جھامتا آرہا

تھا۔ آس پاس کے درختوں کی شاخیں تقریباً توڑتا جا رہا تھا۔ ہاتھی دریا کی طرف چلا گیا۔ غالباً پانی پینے جا رہا تھا۔

منو نے سوچا اس کے دونوں نئے دوست خاصے ہوشیار اور عقلمند ہیں کم سے کم وہ آنے والے خطرات سے تو بچا رہے گا۔ ہاتھی کے جانے کے بعد وہ تینوں باہر نکلے اور جنگل میں گھومنے لگے۔ ایک جگہ ایک خرگوش جھاڑی میں سے باہر نکلا تو ان تینوں کو دیکھ کر کان کھڑے کر کے ان کے سامنے آ گیا بندر نے منو کو خرگوش سے ملا دیا۔ منو نے خرگوش کے جسم پر محبت سے ہاتھ پھیرا بندر کا خرگوش بھی دوست تھا۔ تھوڑی دیر تک یہ چاروں دوست ایک ساتھ چلتے رہے۔ عجیب سماں تھا۔ آگے آگے ایک لڑکا جس کے ہاتھ میں ایک درخت کی پتلی سی شاخ جسے وہ ہوا میں لہرا رہا تھا۔ اس کے پیچھے بندر، ہرن اور خرگوش زمین سونگھتے کان اٹھائے۔ چلے آ رہے تھے۔ منو بہت خوش تھا۔ اس کی بات سننے والا کوئی تو ہے۔ ذرا دور چل کر خرگوش تو چلا گیا۔ ہرن اور بندر ابھی اس کے ساتھ تھے۔ سارا جنگل پھولوں اور پھلوں سے بھرا پڑا تھا۔ تینوں دوستوں نے تقریباً جنگل کا پورا مشرقی حصہ دیکھ لیا۔ مگر سوائے پانی سبزے اور پھول کے کچھ نہ ملا۔ یوں لگتا تھا ابھی انسان کا گزر اس جانب سے نہیں ہوا۔ عجیب حیرت تھی۔ اتنا خوبصورت جنگل اور صرف انسان ہی نہیں۔

"لو بھئی ساتھی ہم تو تھک گئے۔" منو نے ناریل کے ایک درخت کے نیچے بیٹھ کر کہا۔

بندر تیزی سے ناریل کے درخت پر چڑھ گیا۔ اوپر سے ناریل توڑ کر

نیچے پھینکنے لگا۔ جب چار پانچ جمع ہو گئے تو منو نے اسے پکارا۔ "بس گلو کافی ہیں"۔

تینوں نے جی بھر کر ناریل کا میٹھا اور ٹھنڈا پانی پیا۔ منو زمین پر دونوں بازوؤں کا تکیہ بنا کر لیٹ گیا۔ بندر اور ہرن بھی اِدھر اُدھر آرام کرنے لگے۔

"گلو ــــــ" منو لیٹے لیٹے بولا۔

"خیاؤں ــــــ" بندر بھاگ کر آ گیا۔

"دیکھو دوست اب ہم کہیں مستقل رہنے کا بندوبست کریں"۔ منو بولا۔

"خیاؤں ــــــ" ہاں بندر بولا۔

"وہ جو غار تھا اس میں کوئی اور تو نہیں رہتا"۔ منو نے پوچھا۔

بندر نے انکار میں گردن ہلا دی۔

"بس کام بن گیا۔ ہم تینوں اسی میں رہیں گے"۔

"چنو ــــــ" منو نے آواز دی۔

چنو دور زمین پر بیٹھا اونگھ رہا تھا۔ اس نے آواز نہیں سنی۔ بندر بھاگ کر گیا۔ اور زور سے اس کے کان میں خیاؤں کر دیا۔ چنو چونک کر اٹھ بیٹھا۔ گلو نے دانت دکھانے شروع کر دیئے۔

"دوستو ــــــ نئے گھر کو ٹھیک کریں"۔

غار زیادہ بڑا نہ تھا۔ تینوں نے مل کر اسے صاف کرنا شروع کر دیا۔ گھاس کوڑا صاف کیا گیا۔ بندر اور منو دونوں کوڑا باہر پھینک رہے تھے۔ ہرن بھی ان کا ہاتھ بٹا رہا تھا۔ تھوڑی دیر بعد غار صاف ہو گیا اس میں نئی گھاس بچھائی گئی۔ غار کے سامنے ایک بڑا سا پتھر لا کر رکھا گیا جو اندر جانے کے بعد

غار کے منہ پر سرکا لیا جا سکتا تھا۔

"شام کا کھانا ——— ؟" منو نے کہا۔

بندر ایک عجیب قسم کا سرخ ٹماٹر جیسا پھل لایا جو کھٹ میٹھا تھا۔ منو کو وہ بہت پسند آیا ناریل کا خول پانی پینے کے کام آیا۔

"کاش گلو تم میری طرح بول سکتے۔ سمجھ تو تم سب کچھ لیتے ہو۔" منو بولا۔ اور گلو میاں انکساری میں دانت نکالنے لگے۔

رات آئی تو سارا جنگل جاگ اٹھا۔ ہر جانور بولنے لگا۔ کوئی ڈرپوک آدمی ہو تو ڈر ہی جائے۔ مگر منو نڈر تھا۔ وہ جانتا تھا کہ ڈرنے کا مقصد اور ڈرنا ہے۔ اور حالات کا مقابلہ بہادری سے نہ کیا جائے تو حالات تو نہیں بدلتے" ہاں پریشانیاں اور بڑھ جاتی ہیں۔ منو جانتا تھا اس جنگل میں یقیناً خونخوار جانور بھی ہوں گے۔ اور اسے نہ جانے کتنا عرصہ یہاں رہنا پڑے۔ بغیر انسانوں کے جانوروں میں۔ لیکن یہ جانور کتنے معصوم اور پیارے ہیں۔ مجھ سے کتنی محبت کرتے ہیں۔ انسانوں سے تو بھلے ہیں۔ بندر منو کو بہت سے جانوروں سے ملا چکا تھا جو سب بندر کے دوست تھے۔ وہ سب منو کو اچھی نظروں سے دیکھتے تھے۔ اور کچھ ہی دنوں میں جنگل کے مشرقی حصے میں تمام جانور اسے جان گئے' اس لئے بہت سے جانور اس کے لئے پھول اور پھل توڑ کر غار میں لا رکھتے۔

ایک دن گلو اور منو اتنی دور نکل گئے کہ غار تک واپسی ممکن نہ رہی۔ لہٰذا ایک درخت پر رات بسر کی۔ وہاں مچھر بہت زیادہ تھے۔ صبح کو منو اٹھا تو اس کا سارا جسم ٹوٹ رہا تھا۔ آنکھیں جل رہی تھیں اور ہلکا ہلکا بخار محسوس ہو رہا تھا۔ صبح کا ناشتہ کرکے وہ دونوں اپنے غار کی طرف چلے۔ منو سے بڑی مشکل سے چلا جا رہا تھا۔ راستے میں کئی بار بندر نے خیاؤں خیاؤں کیا جس کا مطلب تھا یار کیا بات ہے ہمیں بھی بتاؤ۔ مگر منو تو خاموش تھا۔ غار میں پہنچے۔ منو پڑ کر سویا تو سہ پہر کو اس کی آنکھ کھلی۔ پیاس بہت زور سے لگ رہی تھی۔ بخار سے اس کا سارا جسم تپ رہا تھا۔ سر میں درد بھی تھا۔ اب کیا ہوگا؟ یہاں اس کا علاج کون کرے گا؟ اور گلو کہاں چلا گیا....؟ "گلو، گلو!" وہ اسے آوازیں دینے لگا۔

اور گلو اس کے غار سے بہت دور ایک درخت کی شاخ پر متفکر بیٹھا تھا اور جنگل کا سب سے بوڑھا بندر ایک شاخ سے الٹا لٹکا ہوا تھا۔ بندروں کی عادت ہے کہ جب وہ سوچتے ہیں تو الٹے لٹک جاتے ہیں۔ تھوڑی دیر میں بوڑھا بندر شاخ پر آبیٹھا۔ گلو خوش ہو گیا۔ بوڑھے بندر نے شاخ سے چھلانگ لگا دی۔ گلو بھی کود گیا۔

بوڑھا بندر جنگل میں ایک طرف گیا جہاں بہت سے کاسنی پھول کھلے تھے۔ ایک درخت پر لمبی لمبی پھلیاں لٹک رہی تھیں۔ بوڑھے بندر نے

دو تین پھلیاں توڑیں تھوڑے سے کانسی پھول جمع کیے۔ پھر دوسری طرف گیا کئی پودوں کو سونگھنے اور تلاش کے بعد ایک پودے سے پتے توڑے ایک جگہ سے تھوڑی سے گھاس اکھاڑی اور خاموشی کے ساتھ گلو کیپا غار کی طرف چلا۔ غار کا پتھر سرکا کر دونوں اندر گئے تو منو بے ہوش پڑا کراہ رہا تھا بوڑھے بندر نے پتے ایک پتھر پر رکھ کر دوسرے پتھر سے انہیں کچلا۔ اور جب ذرا باریک ہو گئے تو منو کے ماتھے پر مل دیا۔ باقی پتے اور پھول گلو کو دے کر باہر چلا گیا۔

اسی وقت منو نے کراہ کر کروٹ لی ..."پانی ..." وہ بولا۔

گلو نے پانی دیا۔ منو نے پیا۔ گلو نے اسے پتے پھول اور پھلیاں دیں اور ہاتھوں سے بتایا کہ آدھی کھا لو۔ منو نے اس کی بات مانی اور اس میں سے آدھی چبا کر کھا لی اور سو گیا۔ شام کو اٹھا تو باقی آدھی بھی کھا لی۔ اس وقت تک غار کا ایک بڑا حصہ پھولوں اور پھلوں سے بھر گیا تھا۔ جنگل کے بہت سے جانوروں کو پتہ چل گیا تھا کہ بندر کا دوست منو بیمار ہے۔ وہ سب اس سے ملنے آ رہے تھے۔ مگر بندر غار کے منہ پر بیٹھا تھا اور کوئی اندر نہ آ سکتا تھا۔ مجبوراً جانور پھل اور پھول دے کر واپس جا رہے تھے اس نے چینو کو بھی اندر نہ آنے دیا وہ بیچارا بھی غار کے باہر بیٹھا رہا۔

شام کو دوبارہ منو سو گیا۔ صبح کو اٹھا تو وہ بالکل ٹھیک تھا۔ یوں لگتا تھا جیسے اس کا جسم بہت ہلکا ہو چکا ہے۔ گلو نے دیکھا تو خوشی سے اچھل کر قلابازیاں لگانے لگا۔ ایک جانور کی اس خوشی پر منو بہت ہنسا۔ منو جیسے

جیسے ہنستا جاتا گلو اور قلابازیاں لگاتا غار میں دوڑتا پھرتا۔

تھوڑی سی دیر گزری ہو گی تو خرگوش، لومڑیاں بندر ہرن اور نہ جانے کون کون سے جانور اندر آنے لگے۔ ہر ایک کے ہاتھوں میں پھول اور پھل تھے وہ آتے، منو کے سامنے یہ سب رکھتے۔ ایک لمحہ کے لئے بیٹھتے اسے گھور کر دیکھتے اور پھر آہستہ سے واپس چلے جاتے۔ چنو بھی اندر کھڑا تھا وہ بیحد خوش تھا اس کا دوست صحت مند ہو چکا تھا۔ دوپہر تک یہ سلسلہ جاری رہا بندر اور ہرن منع کرتے کرتے تھک گئے کہ بھئی ہمیں پھلوں اور پھولوں کی ضرورت نہیں۔ مگر جانور نہ مانے۔ منو نے یہ دیکھا تو بہت خوش ہوا۔ وہ سوچ رہا تھا اگر وہ گھر پر نہ ہوا تو اس سے کیا فرق پڑا۔ یہاں مجھ سے ہمدردی کرنے والے تو کتنے بہت سے لوگ موجود ہیں۔ یہ سب میرے دوست ہیں جنہیں مجھ سے کوئی لالچ نہیں۔ جو مجھے بیمار سن کر یہاں تک آئے ہیں۔ یہ سب کتنے اچھے ہیں۔

شام کو گلو اور چنو، منو کو بوڑھے بندر کے پاس لے گئے۔ وہ ایک بڑی سی شاخ پر آنکھیں بند کئے بیٹھا تھا۔ گلو، منو اور چنو تینوں درخت کے نیچے بیٹھ گئے۔ منو سمجھ چکا تھا کہ اسی بوڑھے بندر نے اس کے علاج کے لئے دوائیں بھیجی ہیں۔ بندر نے آنکھ کھول کر دیکھا ایک بندر اور ہرن کے ساتھ ایک انسانی بچہ۔ اس نے دوبارہ آنکھیں بند کر لیں۔ پھر دوبارہ آنکھیں کھولیں اور دھم سے نیچے آ کودا۔ منو نے دیکھا۔ بندر بہت بوڑھا تھا۔ اتنا کہ اس کے چہرے پر جھریاں پڑ گئی تھیں۔

بوڑھا بندر منو کے نزدیک آیا اس کا چہرہ غور سے دیکھا۔ پھر اس کے سر پر ہاتھ رکھا اور ایک لمحہ بعد بھاگ کر درخت پر چڑھ گیا اور دوبارہ شاخ پر بیٹھ کر آنکھیں بند کر کے سوچنے لگا۔ منو نے سوچا یہ بالکل ایک بوڑھے دادا کی طرح ہے .... خاموش .... پُرخلوص ... شفیق۔

"چلیں۔" بندر نے منو کو اشارہ کیا اور تینوں چل نکلے۔ رات ہو چکی تھی شروع تاریخوں کا چاند آسمان پر چمک رہا تھا۔

"آؤ سمندر کی طرف چلیں۔" منو بولا۔

تینوں سمندر کی طرف چلے۔ منو جنگل میں آنے کے بعد آج پہلی مرتبہ سمندر کے کنارے آیا۔ سمندر اسی طرح ساحل سے ٹکرا ٹکرا کر شور مچا رہا تھا۔ منو سوچنے لگا۔ میرا گھر، میری ماں سمندر کے اس پار نہ جانے کیا کر رہی ہو گی۔ کیسی ہو گی۔ میرا باپ، میرا بھائی ..... میں وہاں کیسے جاؤں سمندر میرے اور میری ماں کے درمیان حائل ہے۔ ایک لمحہ کے لئے وہ اداس ہو گیا۔

بندر نے اسے اداس دیکھا تو ایک بڑی سی سمندر کی لہر کو پکڑنے دوڑا لہر اتنے زور کی تھی کہ اس نے بندر کو الٹ دیا وہ منہ کے بل گر پڑا۔ گیلی ریت اس کے منہ پر لگ گئی۔ منو نے یہ دیکھا تو زور سے ہنس پڑا۔ گلو تو بھی چاہتا تھا۔ خوش ہو گیا۔

رات ہوئی تو یہ اپنے غار کی طرف چلے۔ یکایک منو نے آسمان پر آواز سنی۔ اس نے سوچا اس کے کان میں کس چیز کی آواز آئی۔ بگر گلو اور

چنو نے بھی آسمان کی طرف دیکھا اور منو کو پتہ چل گیا کہ آسمان پر ایک جہاز اُڑ رہا ہے عجیب طرح کا لمبا سا۔ اس میں دو آدمی بیٹھے نظر آ رہے تھے منو نے سوچا ہو سکتا ہے یہ مجھے اس جنگل سے لے جائیں وہ شور مچانے لگا زور سے ہاتھ ہلانے لگا۔ بندر بھی خیاؤں خیاؤں کرنے لگا۔ جہاز جنگل کی طرف چلا گیا۔ تینوں اس طرف بھاگے جنگل میں جہاز غائب ہو گیا۔ گلو، منو اور چنو آدھی رات تک ڈھونڈتے رہے مگر جہاز کا پتہ نہ چلا۔ جس طرف وہ غائب ہوا تھا وہاں بھی پتہ نہ تھا۔ نہ جانے اسے آسمان کھا گیا یا زمین نگل گئی۔ منو جہاز دیکھ کر خوش ہوا تھا اب دوبارہ اداس تھا۔ جہاز اگر اس جنگل کی طرف آیا ہے تو ضرور یہاں آبادی موجود ہے ورنہ یہاں جہاز کا کیا کام۔ اور اگر آبادی ہے تو کہاں۔ اور کن لوگوں کی؟ ہم نے تو سارا جنگل چھان مارا ہمیں تو کوئی بھی نہیں ملا۔

منو بے حد اداس ہو گیا۔ جہاز دیکھ کر اسے اس جنگل سے نکلنے کی جو امید ہوئی تھی وہ ختم ہو گئی۔

منو کو اداس دیکھ کر گلو اور چنو بھی اداس ہو گئے۔ وہ دونوں جانتے تھے کہ منو اپنے گھر والوں کے پاس جانا چاہتا ہے۔ وہ نہیں چاہتے تھے کہ منو جو ان کا دوست بنا ہے چھوڑ کر چلا جائے۔ مگر جہاز کے غائب ہونے سے اسے اداس دیکھ کر دونوں چپ ہو گئے۔ منو نے جو اپنے دونوں ساتھیوں کو چپ دیکھا تو زور سے قہقہہ لگا کر ہنسا اور بولا۔

"یارو! تم اداس مت ہو۔ میں تمہارے ساتھ رہوں گا۔ جہاز جائے

جہنم میں۔"

منو نے اپنی طرف سے تو جہاز کو جہنم میں بھیج دیا۔ مگر اس کے اندر کوئی کہہ رہا تھا: "جہاز کہاں ہے؟"... "یہ کون لوگ تھے...؟"

منو کو امید تھی شاید جہاز پھر آئے تو وہ انہیں اپنی طرف متوجہ کرے گا۔ مگر رات گزری، صبح ہوئی اور دوسرا دن بھی گزر گیا۔ منو سوچنے لگا ہو سکتا ہے جہاز کا دیکھنا اس کا وہم ہو؟..." مگر... وہ تو..."

منو نے خیالات کو جھٹک دیا وہ اب اسی جنگل میں رہے گا۔ ہو سکتا ہے کبھی کوئی پانی کا جہاز اس طرف سے گزرے اور وہ اس میں چلا جائے مگر نہ پانی کا جہاز گزرا نہ کوئی ہوائی جہاز نظر آیا۔ بندر اور منو نے مل کر ساحل پر ایک درخت کے تنے پر اپنی قمیض اس طرح لٹکا دی کہ ہوا سے وہ اڑتی تو دور سے ایک جھنڈا نظر آتی۔ روز جا کر سمندر دیکھ آتے۔ مگر قمیض اڑتی رہی، سمندر کی لہریں ساحل پر سر پٹختی رہیں اور جنگل کے درختوں کی شاخوں پر پھول کھل کھل کر مرجھا گئے۔

منو کو یہاں آئے خاصے دن ہو گئے تھے کیونکہ اب بارشیں شروع ہو چکی تھیں اور آسمان ہر وقت بادلوں سے ڈھکا رہتا۔ بارش کی وجہ سے جنگل میں خاصہ پانی جمع ہو گیا تھا۔ سردی بھی ہو گئی تھی۔ منو نے اپنی پھٹی ہوئی

قمیض درخت سے اتار کر پہن لی تھی۔ اس کی ساری امیدیں ٹوٹ چکی تھیں۔ اور وہ بڑے شکر و صبر کے ساتھ جنگل میں رہنے لگا۔

آہستہ آہستہ اس نے درختوں کی شاخوں کو پکڑ کر سفر کرنا سیکھ لیا تھا۔ اب وہ ناریل کے درخت پر آسانی سے چڑھ جاتا۔ چقماق پتھر تلاش کر کے آگ بھی جلا لی تھی اور ایک سوکھے درخت میں ہر وقت آگ جلتی رہتی۔ پھل کھاتے کھاتے اس کا جی بھی بھر گیا تھا۔ اس لئے اب وہ چھوٹے موٹے پرندوں کو پکڑ کر انہیں آگ پر بھون کر کھانے لگا۔ دریا سے مچھلیاں پکڑ لیتا اور انہیں آگ پر اچھی طرح سینک کر کھا لیتا۔ یہ معمول بن گیا۔ ہرن اور بندر کا گزارہ سبزیوں اور پھلوں پر تھا۔ زندگی ایک خاص معمول پر ڈھل گئی۔

ایک دن خنکی ذرا زیادہ تھی۔ چنو اور منو جنگل میں پھر رہے تھے کہ گلو حسبِ عادت کہیں غائب ہو گیا۔ تھوڑی دیر میں اس کی چیخ سنائی دی منو نے پلٹ کر دیکھا اور حیران رہ گیا۔ گلو بغل میں ایک سرخ کپڑے کا چھوٹا سا تھان دبائے بھاگا چلا آ رہا تھا ..... "ارے یہ کیا؟" منو نے اس سے تھان لے کر پوچھا۔

بندر کا سانس پھولا ہوا تھا ..... "خیاؤں ....." اس نے ایک طرف اشارہ کیا اور ایک طرف پھر بھاگ گیا۔ منو ابھی حیران ہی تھا کہ بندر ایک اور کپڑے کے تھان کو سینے سے لگائے بھاگتا ہوا آیا اور پھینک کر بھاگا۔

"ارے سنو تو سہی۔" منو چلایا۔ مگر بندر بڑی جلدی میں تھا۔ جھٹ بھاگ گیا۔ لیکن اب کے منو بھی اس کے ساتھ ہی تیزی سے بھاگا۔ بندر بھاگتا ہوا

درختوں کے ایک جھنڈ میں گھس گیا، منو اس کے پیچھے پیچھے تھا۔ درختوں کے بیچ میں ایک درخت کے تنے کے پاس سے بندر اندر گھس گیا۔ منو بھی تیزی سے اس طرف چلا گیا وہ ایک لمبا سا گھاس پھونس سے اٹا ہوا راستہ تھا۔ بندر کے ساتھ منو نے بھی بھاگ کر یہ راستہ طے کیا۔ آگے ایک غار تھا۔ بندر اور منو دونوں اس میں داخل ہو گئے۔ منو حیران رہ گیا۔ غار میں نیچے جانے کے لئے سیڑھیاں بنی ہوئی تھیں۔ غار میں ہلکا ہلکا اندھیرا تھا۔ سیڑھیاں اتر کر برآمدہ تھا۔ اور سامنے کمرے بنے ہوئے تھے۔ بندر پہلے کمرے میں داخل ہوا۔ منو نے دیکھا کہ کمرہ خوبصورت کپڑوں کے تھانوں سے بھرا ہوا ہے۔ کچھ کپڑے کھلے ہوئے تھے باقی بڑے بڑے بنڈلوں میں بند تھے۔

منو کا دماغ بالکل کام نہیں کر رہا تھا کہ یہ سب کیا ہے! یہ کس کا مکان ہے؟ اور یہ سامان؟ بندر دوسرے کمرے کی طرف لپکا۔ اتنے میں منو نے سنا۔ جہاز کی آواز آ رہی تھی۔ کسی نے اس سے کہا.... خطرہ...؟ اسے محسوس ہوا کہ وہ اگر فوراً غار سے نہ نکلے تو کسی مصیبت میں پھنس سکتے ہیں! جہاز کا اس مکان سے ضرور کوئی واسطہ ہے۔ اس نے بندر سے کہا۔

"گلو —— بھاگو —— فوراً باہر چلو"

گلو میاں بھی چوکنّے ہو گئے تھے۔ دونوں تیزی سے بھاگے سیڑھیاں طے کیں۔ راستہ بھاگتے ہوئے پار کیا اور ایک لمبے سے درخت پر دونوں نے چھلانگ لگا دی۔ ایک لمحہ ہی گزرا تھا کہ منو اور گلو نے دیکھا کہ دو آدمی اپنے کاندھوں پر دو بڑے بڑے بنڈل لئے غار کی طرف آ رہے تھے۔ منو نے ایک عرصہ بعد آدمی دیکھے مگر نہ جانے کیوں اسے وہ پسند نہیں آئے۔ یہ ضرور چور

معلوم ہوتے ہیں۔ کیونکہ اس ویران جنگل میں چوری چھپے سامان لا کر رکھنے کا مطلب کیا ہے۔ یہ ضرور ڈاکو ہیں ادِھر اُدھر ڈاکے ڈالتے ہیں اور سامان جمع کرتے ہیں۔ منو نے سوچا وہ کیا کرے۔ وہ کچھ بھی نہیں کر سکتا۔ تھوڑی دیر میں وہ دونوں آدمی واپس آئے اور درختوں کے جھنڈ میں ایک طرف چلے گئے۔

"آؤ ان کے پیچھے چلیں" منو نے گلو سے کہا۔

گلو تو تیار ہی بیٹھا۔ جھٹ پیڑ سے چھلانگ لگا دی۔ دونوں درختوں میں اس طرف گئے۔ جہاں ابھی وہ آدمی گئے تھے۔ درختوں کے دوسری طرف منو نے دیکھا تو وہ حیران رہ گیا وہاں گھاس کا بڑا سا میدان تھا۔ غالباً درخت کاٹ کر زمین صاف کی گئی تھی۔ وہاں وہ عجیب سا جہاز کھڑا تھا لیکن اس میں کوئی نہ تھا۔ گلو نے منو کی طرف دیکھا۔ مطلب یہ تھا کہ اب کیا پروگرام ہے ——— ؟

منو نے ایک لمحہ کے سوچا پھر بولا۔ "آؤ جہاز کو نزدیک سے دیکھیں!"

وہ دونوں جہاز کے نزدیک پہنچے۔ وہاں کوئی بھی نہ تھا۔ وہ دونوں آدمی نہ جانے کہاں چلے گئے تھے۔

جیسے ہی جہاز کے نزدیک پہنچے دونوں آدمی جہاز سے نکل کر منو کی طرف لپکے۔ منو اچانک حملے سے گھبرا گیا۔ وہ سنبھلنے بھی نہ پایا کہ ایک آدمی نے اسے مضبوطی سے بازو سے پکڑ لیا۔ اسی لمحہ بندر چھلانگ لگائی اور جس نے منو کو پکڑ رکھا تھا دونوں پنجے اس کے منہ پر مار دیئے۔ وہ گھبرا کر چیخا اس کے چہرے سے خون بہنے لگا۔ دوسرا آدمی اپنے دوست کی طرف متوجہ ہوا۔ اس

نے درد کی تکلیف سے منو کی گرفت ڈھیلی کی تو منو نے چھلانگ لگائی۔

منو اور گلو بھاگے۔ موٹے درختوں کی طرف پہنچ گئے۔ پھر ایک درخت سے دوسرے درخت پر چھلانگ لگاتے وہ دور نکل گئے۔ دریا کے کنارے دونوں رکے۔ گلو اور منو دونوں سہمے ہوئے تھے۔ گلو نے دریا سے پانی پیا منو کو اب پکا یقین ہو گیا تھا کہ یہ دونوں ضرور چور ہیں ورنہ مجھے کیوں پکڑتے، لیکن یہ یہاں اتنی دور کیا کر رہے ہیں اور اگر چور ہیں تو بہت بڑے جن کے پاس باقاعدہ ہوائی جہاز بھی ہے۔ اب وہ مجھے ضرور ڈھونڈیں گے اور بہت ممکن ہے پکڑ بھی لیں پھر مجھے کیا کرنا چاہیے؟ میں ان سے لڑ نہیں سکتا۔ میں انہیں پکڑوا نہیں سکتا۔

منو سوچنے لگا جو کچھ بھی ہوگا دیکھا جائے گا۔ فی الحال تو کھانا کھانا چاہیے۔ منو اور گلو نے مل کر کھانا کھایا۔

"ہاں بھئی دوست اب کیا کریں۔" منو نے گلو سے پوچھا۔

"خیاؤں ——" گلو نے دانت نکال دیئے۔

"اب شام ہونے والی ہے —— آؤ گھر کی طرف چلتے ہیں۔ کل کی کل دیکھی جائے گی۔ منو نے کہا اور دونوں جنگل کی طرف چل پڑے۔ رات ہوئی تو منو غار میں سو گیا۔ گلو باہر نکلا۔ اسے نیند نہیں آ رہی تھی۔

منو اچانک چونک کر اٹھا اس کے چہرے پر کسی نے روشنی ڈالی اور اس سے پہلے کہ وہ سمجھ سکتا کہ یہ سب کچھ کیا —— ایک آدمی نے اس کے دونوں ہاتھ پشت کی طرف باندھ دیئے۔ منو نے چیخ ماری۔ ایک آدمی نے اس کے منہ میں کپڑا ٹھونس کر اس پر کپڑا باندھ دیا۔ پھر منو کے منہ پر ایک

زور دار طمانچہ پڑا کہ اسے تارے نظر آنے لگے۔ ایک آدمی نے اسے کندھے پر ڈال لیا۔ وہ تین آدمی .... اور خاموشی سے جنگل میں چل رہے تھے۔ منو کی آنکھیں کھلی ہوئی تھیں اور وہ دیکھ سکتا تھا کہ یہ اسے غار کی طرف ہی لے جا رہے تھے ——

اچھا تو یہ بات ہے یہ سب چور ہیں اور مجھے غالباً پکڑ کر صرف اسی لیے لے جا رہے ہیں کہ میری وجہ سے ان کے ایک آدمی کا منہ زخمی ہو گیا۔ غار کے اندر اتر کر ایک کمرے میں اس آدمی نے کندھے پر سے اس طرح فرش پر گرایا جیسے منو آٹے کی بوری ہو۔

منو درد سے تڑپ اٹھا مگر اف تک نہ کر سکا۔ پھر دروازہ بند کر دیا گیا یعنی منو کو قید کر دیا گیا۔ مگر میرا قصور؟ منو سوچ رہا تھا۔

ابھی اس کمرے میں قید ہوئے تھوڑی ہی دیر ہوئی تھی کہ اسے فرش پر کسی چیز کے سرک کر چلنے کی آواز آئی۔ منو نے سوچا یہ ضرور سانپ ہو گا۔ مگر خدا کا کرنا ایسا ہوا کہ اس طرف وہ آیا ہی نہیں۔ سرک کر کسی اور طرف چلا گیا۔ مگر تھوڑی دیر کے بعد پھر وہی سرسراہٹ۔ منو کو ڈر لگ رہا تھا۔ اندھیرا اور سانپ نہ جانے کتنا زہریلا ہو۔ وہ ساری رات نہ سو سکا۔ نہ سانپ اسے کاٹتا تھا نہ کمرہ ہی چھوڑ کر جاتا تھا۔ اسے اس سے اتنی تکلیف ہوئی کہ اگر ڈاکو زبردست سے زبردست سزا دیتے تو شاید اتنی تکلیف نہ ہوتی تھوڑی دیر بعد اسے یوں لگا جیسے سرسراہٹ اس کے دماغ میں ہو رہی ہو اور یہ سرسراہٹ اس کے اعصاب پر طاری ہو گئی۔ ساری رات وہ ایک پل کے لئے بھی نہ سو سکا۔ کمرے میں اندھیرا

تھا۔ صبح کے وقت اندھیرا تھوڑا سا کم ہو گیا۔

منو سوچ رہا تھا۔ گلو اور چینو کو خبر نہیں ہوئی۔ ہو جائے تو وہ بے چارے کر بھی کیا کر سکتے ہیں۔ مجھے پکڑنے والے زیادہ طاقت ور ہیں۔ لیکن مجھے کیوں پکڑا گیا۔ میں نے ان کا کیا بگاڑا ہے۔ یہ سب چور معلوم ہوتے ہیں۔ شہروں سے چوری کر کے سامان یہاں جمع کرتے ہیں۔ اب میرا نہ جانے کیا حشر کریں گے۔ منو سوچتا رہا۔ وقت گزرتا رہا۔ صبح کے بعد دوپہر ہوئی پھر شام ہو گئی۔ لیکن اسے دیکھنے کوئی نہ آیا۔ منو کا بھوک سے برا حال تھا۔ اس نے کمرے کا جائزہ لیا۔ یہ ایک چھوٹا سا کمرہ تھا جس میں ایک طرف بہت سے بنڈل رکھے تھے۔ ضرور اس میں بھی سامان ہو گا لیکن یہ میرے کس کام کا؟

رات ہوئی تو دوبارہ وہی سرسراہٹ، لیکن آج منو اتنا زیادہ نہ ڈرا ایک تو بھوک دوسرے سانپ کا ڈر۔ یہ رات بھی آنکھوں ہی آنکھوں میں نکل گئی۔ صبح ہوئی۔ منو نے سوچا وہ مجھے قید کر کے کہیں چوری کرنے گئے ہوں گے۔ ہو سکتا ہے پولیس نے انہیں پکڑ لیا ہو اور میں ہمیشہ ہی اس کمرے میں قید رہوں۔ اور ایک دن بھوک سے مر جاؤں۔ اسے گلو اور چینو بہت یاد آئے۔ نہ جانے وہ کہاں ہوں گے؟

منو کے دونوں ہاتھ پیچھے بندھے ہوئے تھے۔ اس کے منہ میں کپڑا ٹھنسا

ہوا تھا اور وہ بری طرح فرش پر پڑا تھا۔ دوسرا دن شروع ہو چکا تھا۔ مگر اس کے منہ میں ذرا سا کھانا بھی نہ گیا تھا۔

دوپہر کے بعد اسے گلو کی آواز سنائی دی وہ کمرے سے باہر بول رہا تھا۔ منو نے بہت کوشش کی کہ وہ کسی طرح گلو کو آواز دے کر بتا سکے کہ میں یہاں ہوں مگر اس کی آواز کیسے نکلتی۔ منہ پر تو کپڑا بندھا تھا۔ اس نے بہت زور لگایا نہ ہاتھ کھلے نہ ہی منہ میں سے کپڑا نکلا۔ بھوک اور بے بسی پر منو کے آنسو نکل آئے وہ کتنا مجبور ہے اس کا دوست باہر کھڑا ہے اسے آوازیں دے رہا ہے۔ میں اسے بتا بھی نہ سکا۔ گلو کو خبر ہو جائے کہ میں یہاں ہوں تو شاید میری رہائی کی صورت نکل آئے۔ منو کے آنسو اس کے گالوں پر بہتے رہے اور گلو باہر سے آوازیں دیتا رہا۔ آخر گلو تھک کر چلا گیا اور منو کی آخری امید بھی ٹوٹ گئی۔ اب میرا مقدر یہ کمرہ ہے۔ دو دن ہو گئے۔ کسی نے مجھے آکر نہیں دیکھا۔ چند دن بعد میں مر جاؤں گا۔ بھوک غم اور مایوسی سے اس کی آنکھیں بند ہو رہی تھیں۔

آخر رات آئی وہی قیامت کی رات۔ منو اب مرنے کے لیے بالکل تیار تھا اس لیے وہ رات سے قطعاً نہ ڈرا۔ پھر اسے محسوس ہوا جلتی ہوئی مشعل لے کر کوئی کمرے میں آیا اس نے سوچا یہ اس کا وہم ہے لیکن یہ حقیقت تھی ایک ڈاکو اسے لینے آیا تھا پہلے اس نے اس کے ہاتھ کھولے۔ منہ پر سے کپڑا ہٹایا۔ منو کو یوں لگا جیسے اس کے ہاتھ جسم سے الگ ہو گئے ہوں ڈاکو نے مشعل کمرے میں ایک جگہ لگا دی۔

"اے لڑکے اٹھ ـــــ یہ کھانا کھا ـــــ" وہ آدمی بولا۔

منو کو اس کا چہرہ عجیب سا لگا ـــــ ڈراؤنا ـــــ وہ ابھی سوچ ہی رہا تھا کہ ان کا کھانا کھائے یا نہ کھائے کہ ڈاکو نے دوبارہ ڈانٹا۔

"کھانا ہے یا نہیں ـــــ"

منو نے سوچا اگر وہ کھانا نہیں کھائے گا تو انہیں اس کی کیا فکر ہے۔ ان کی بلا سے، میں مر جاؤں۔ مجھے زندہ رہنے کے لئے یہ کھانا کھا لینا چاہئے منو نے کھانے کی طرف ہاتھ بڑھایا۔ کسی جانور کا بھنا ہوا گوشت تھا اور روٹی تھی۔ منو کو وہ کھانا بہت مزے دار لگا۔ ڈاکو اس عرصے میں اسے دیکھتا رہا۔ پانی پینے کے بعد ڈاکو نے اسے حکم دیا۔

"اٹھو میرے ساتھ چلو۔ اور دیکھو بھاگنے کی کوشش نہ کرنا ورنہ جان سے مار دوں گا۔"

آگے آگے منو اور پیچھے پیچھے ڈاکو ہاتھ میں مشعل لئے ہوئے چل رہا تھا۔ تھوڑا سا چلنے کے بعد وہ ایک بڑے سے کمرے میں گئے۔ منو نے کمرہ دیکھا تو حیران رہ گیا۔ کمرے میں خوب صورت پردے پڑے ہوئے تھے بہت اچھا فرنیچر اور نہ جانے کیا کیا رکھا تھا۔ یوں لگتا تھا جیسے یہ کسی بادشاہ کی آرامگاہ ہو۔ ڈاکو منو کو کمرے میں چھوڑ کر باہر چلا گیا اور باہر سے دروازہ بند کر دیا۔ منو ایک ایک چیز کو دیکھ رہا تھا۔ اگر مجھے اس کمرے میں رکھا جائے تو کتنا اچھا ہو یہاں سونے کو بستر اور کھانے کی بہت سی چیزیں رکھی ہیں مگر یہ کمرہ ہے کس کا؟ یہاں کون رہتا ہے؟ اور مجھے یہاں کیوں لایا گیا ہے۔

"یقیناً یہ کمرہ ان کے سردار کا ہوگا۔ وہ شاید مجھ سے کوئی بات کرے۔ابھی وہ سوچ ہی رہا تھا کہ کمرے میں آواز گونجی۔

"منو تمہیں یہاں کوئی تکلیف تو نہیں؟"

"جی ———" منو حیران رہ گیا۔ یہ کس کی آواز ہے اور اسے میرا نام کیسے معلوم ہوا۔

"بیٹھو ———" منو نے دیکھا سامنے والی دیوار کھلی اور اس میں سے ایک دراز قد آدمی نمودار ہوا جس کا چہرہ سخت تھا جس پر چھوٹی چھوٹی ترشی ہوئی مونچھیں تھیں وہ بڑا سا سگار پی رہا تھا جس کی خوشبو منو کو بہت اچھی لگی۔منو ایک کرسی پر بیٹھ گیا۔

"تم اس جنگل میں کیوں آئے ہو ——— تمہیں کس نے بھیجا ہے ———؟" وہ بولا۔

"جی ——— مجھے کسی نے نہیں بھیجا ———" منو بولا۔

"خاموش ..... جھوٹ بولتے ہو ———" وہ گرجا ——— "تمہیں پولیس نے یہاں بھیجا ہے!"

منو ایک لمحہ کے لئے ڈر گیا۔ یہ آدمی تو بہت خونخوار معلوم ہوتا ہے۔ لیکن اس نے دل میں کہا میں اسے سب کچھ سچ سچ بتا دوں تو شاید اسے یقین آجائے

"مجھے پولیس نے یہاں نہیں بھیجا ———" منو بولا ——— "میں تو مچھیروں کی بستی کا رہنے والا ہوں!"

"یہاں کیسے آئے ———؟" اس نے پوچھا۔

"میں ایک رات اپنی کشتی میں سو رہا تھا۔ صبح اٹھا تو کھلے سمندر میں تھا۔ اس کے چھ دن بعد میری کشتی طوفان میں پھنس گئی۔ آنکھ کھلی تو اس جنگل میں تھا.....۔"

"سمندر میں تم نے چھ دن سفر کیا ——— جھوٹ ——— تم جھوٹ بولتے ہو ———" وہ گرجا۔

"میں جھوٹ نہیں بولتا ——— میں نے سمندر میں سفر کیا ہے اور اس جنگل میں بہت عرصے سے ہوں ——— یہاں گلو اور چنو میرے دوست ہیں ———" منو بولا۔

"اچھا تو تمہارے علاوہ بھی کچھ لوگ یہاں آئے ہیں ———" ڈاکو بولا۔

"جی نہیں ——— میں اکیلا ہوں ——— چنو اور گلو تو ہرن اور بندر ہیں۔ یہ میرے دوست اسی جنگل میں بنے ہیں۔"

"تم اب جنگل میں کیا کر رہے تھے ———" ڈاکو بولا۔

"جی میں تو کچھ نہیں کر رہا تھا۔ جہاز دیکھ کر اس طرف آیا تھا۔"

"تم نے میرے ایک آدمی کو زخمی کر دیا۔"

"جی ——— وہ میرا دوست گلو ہے۔ آپ کے آدمی مجھے پکڑنے لگے تو گلو نے ان میں سے ایک کا چہرہ نوچ لیا۔"

"اس کی سزا میں اس بندر کو ضرور دوں گا ———" ڈاکو بولا۔

"نہیں نہیں ——— اسے کچھ سزا نہ دیں ——— مجھے جس طرح چاہیں مار لیں۔ مگر وہ بے زبان بے گناہ ہے۔ اس نے میری دوستی کی وجہ سے یہ سب کیا۔"

"تم اس جنگل میں کب تک رہو گے ـــــ" ڈاکو نے پوچھا۔

"جی میں گھر جانا چاہتا ہوں ـــــ" منو بولا۔

"تمہاری بستی کا نام کیا ہے؟"

"پاربتی پاٹ ـــــ" منو بولا۔

"پاربتی پاٹ ـــــ! وہ تو یہاں سے بہت دور ہے۔" ڈاکو بولا۔

"وہاں میری ماں ـــــ باپ اور بھائی ہے!"

"تمہارا باپ کیا کام کرتا ہے؟"

"مچھلیاں پکڑتا ہے۔ وہ بہت غریب ہے۔" منو نے کہا۔

"تو تم گھر جانا چاہتے ہو ـــــ" ڈاکو نے سوچتے ہوئے کہا۔

"جی ـــــ ہاں ـــــ" منو بے چینی سے بولا۔

"اب تم کبھی گھر نہیں جا سکتے ـــــ" ڈاکو بولا۔

"لیکن ـــــ ...." منو منہ بسورنے لگا۔

"تم گھر جاؤ گے تو پولیس کو ہمارا پتہ بتا دو گے؟"

"میں وعدہ کرتا ہوں ایسا نہیں کروں گا۔" منو نے کہا۔

"میں تمہاری بات پر یقین نہیں کرتا۔ ہر ایک کی بات مان لوں تو دوسرے دن ہی جیل کی کوٹھری میں نظر آؤں۔"

"لیکن میں ـــــ ...." "خاموش" ڈاکو دہاڑا۔

"تم ہمارے ساتھ کام کرو گے ـــــ؟" ڈاکو نے پوچھا۔

"میں، کام ـــــ؟" منو نے حیرانی سے پوچھا۔

"ہاں ـــــ تم ہمارے ساتھ کام کرو گے۔ ہم تجارت کرتے ہیں۔ اس ملک کا مال دوسرے ملک میں بھیجتے ہیں اور وہاں کا مال یہاں لاتے ہیں۔" ڈاکو بولا۔

"لیکن میں اس میں کیا کام کروں ـــــ" منو نے پوچھا۔

"یہاں اس جنگل میں ہمارے غار میں کام کرنا ہوگا۔۔۔۔۔"

منو سوچ رہا تھا کہ وہ ڈاکوؤں کے ساتھ مل کر کیسے کام کرے۔ یہ تو بہت بری بات ہے۔ اسے چاہیے کسی طرح ان ڈاکوؤں کو پولیس سے پکڑوا دوں۔ لیکن کیسے۔ مجھے ان سے مل جانا چاہیے تاکہ کچھ عرصہ بعد جب موقع ملے انہیں پکڑوا دوں۔۔۔۔"

"ہمارے ساتھ کام کرو یا مرنے کے لئے تیار ہو جاؤ۔ اس لئے کہ ہم نہیں چاہتے کہ ہمارے غار تک کوئی آئے اور ہمارے ساتھ کام نہ کرے اور باہر جا کر ہمیں پکڑوا دے ـــــ بولو مرنا چاہتے ہو ـــــ ہمارے ساتھ کام کرو گے تو بہت سا پیسہ ملے گا اچھے اچھے کھانے اور پہننے کو خوب صورت کپڑے بولو۔۔۔۔۔"

منو نے زندہ رہنے کا فیصلہ کرلیا۔

"میں کام کروں گا ـــــ" منو نے کہا۔

"شاباش ـــــ مجھے تم سے یہی امید تھی۔ عقلمند ہو چند دنوں میں سارا کام سیکھ جاؤ گے ـــــ فی الحال تمہیں باورچی خانے میں لگایا جائے گا۔"

اتنا کہہ کر ڈاکو اسی دیوار میں غائب ہوگیا۔ اس کے جاتے ہی دہی ڈاکو

دوبارہ کمرے میں آیا اور اسے اپنے ساتھ لے گیا۔ ایک کمرے میں بہت سے سلے ہوئے کپڑے رکھے تھے۔ مختلف لوگوں کے۔ ڈاکو اس سے بولا۔ "اپنی پسند کے کپڑے پہن لے۔" منو نے ایک پھول دار قمیض اور ایک پتلون چھانٹ لی۔ لیکن یہ دونوں کپڑے اس سے بڑے تھے۔ لیکن اس کے علاوہ کوئی دوسرے کپڑے نہیں تھے۔ چھوٹے لڑکے کے کپڑوں کا بھلا وہاں کیا کام ——— وہاں تو سب بڑے لوگوں کے کپڑے تھے۔ اسی ڈاکو نے جو منو کو اس کمرے میں لے کر آیا تھا ایک اور جگہ لے گیا جہاں کمرے میں دیوار سے پانی ایک دھار کی صورت میں گر رہا تھا ——— "یہاں نہالو"——— ڈاکو نے اسے صابن دیا۔

منو ایک عرصے بعد صابن سے نہایا۔ تب اسے پتہ چلا کہ اس کی جلد کا رنگ اتنا سیاہ نہیں جتنا نظر آتا تھا وہ صابن سے خوب مل مل کر نہایا۔ پتلون کے پائنچے موڑ لئے۔ اسی طرح قمیض کی آستین بھی الٹ لیں کپڑے بدل کر نکلا تو اسے باورچی خانے پہنچا دیا گیا جہاں کوئلے پر کھانا پکتا تھا وہاں ایک بوڑھا باورچی کھانا پکا رہا تھا۔ ڈاکو نے باورچی سے کہا۔

"آج سے تم اسے کھانا پکانا سکھاؤ———"

"بہت اچھا———" بوڑھا بولا۔ ڈاکو چلا گیا۔

"بیٹے تمہیں یہ کہاں سے پکڑ کر لائے۔" بوڑھا منو سے بولا۔

"بابا ـــــ کیا تم ڈاکو نہیں ـــــ اور یہ تمہیں بھی پکڑ کر لائے ہیں ـــــ ؟" منو نے پوچھا۔

"ہاں ـــــ مجھے یہ شہر سے پکڑ کر لائے ہیں۔۔۔"

"میں جنگل میں گھوم رہا تھا کہ یہ پکڑ لائے۔" منو نے اپنی ساری کہانی اسے سُنا دی۔

"تم نے بہت اچھا کیا کہ ان کی بات مان لی ورنہ یہ تمہیں جان سے ہی مار دیتے۔"

"اچھا اب تم یہ برتن دھو لو ابھی کھانا پکانا ہے۔"

"اتنی رات کو ـــــ ؟"

"ہاں شاید یہ لوگ کہیں جا رہے ہیں ـــــ" بوڑھا بولا۔

منو نے جلدی جلدی برتن صاف کئے اتنے میں بوڑھے نے دیگچی میں گھی ڈال کر گرم کر لیا تھا۔ منو نے سبزی کاٹی ـــــ دونوں نے مل کر کھانا تیار کیا کھانا ایک صندوق میں رکھ کر بوڑھے نے منو سے کہا۔

"تمہارے سونے کا بندوبست کہاں کیا گیا ہے ؟"

"مجھے نہیں معلوم ـــــ" منو نے جواب دیا۔

"تب تم میرے ساتھ ہی سو جاؤ۔"

بوڑھا اور منو باورچی خانے کے برابر کے کمرے میں سو گئے۔ پیٹ بھر کر کھانا، آرام دہ بستر ـــــ منو بے خبر سو گیا ـــــ ابھی سورج نکلنے میں دیر تھی کہ بوڑھے نے منو کو اٹھا دیا۔

"اٹھو ناشتہ تیار کرنا ہے۔"

منو اور بوڑھے نے مل کر انڈے تلے، گوشت بھونا، پھل صاف کئے۔ چائے تیار کی اور ناشتہ وہی ڈاکو لے گیا۔ منو نے بوڑھے سے پوچھا "یہاں کتنے آدمی ہیں ——؟"

"صحیح تعداد تو مجھے بھی معلوم نہیں —— میرا خیال ہے آٹھ دس ہوں گے" بوڑھا بولا۔

"تم کبھی خود ناشتہ لے کر نہیں گئے۔" منو نے پوچھا۔

"نہیں —— مجھے آئے چار سال ہو گئے مگر وہ مجھ پر ابھی تک بھروسہ نہیں کرتے ——"

منو کو باورچی خانے میں کام کرتے ہوئے کئی ہفتے گزر گئے۔ صبح سے شام تک کھانے پکاتے پکاتے وہ تنگ آ گیا تھا۔ بوڑھے نے آہستہ آہستہ سارا کام اسی پر ڈال دیا تھا۔ خود بہت کم کام کرتا۔ صبح سے دوپہر اور شام ہو جاتی برتن صاف کرتے —— سالن پکاتے ہوئے۔

ایک دن اس نے ڈاکو سے کہا —— "میں تمہارے سردار سے ملنا چاہتا ہوں"

"تمہیں یہاں کوئی تکلیف ہے کیا ——؟" ڈاکو نے پوچھا۔

"نہیں —— میں اس کام سے تنگ آ گیا ہوں۔ مجھے کوئی دوسرا کام دو۔" منو نے کہا۔

"سردار ابھی باہر گئے ہوئے ہیں آئیں گے تو تمہیں ملوا دیا جائے گا۔" وہ بولا۔

تین دن بعد اسی ڈاکو نے منو کو بتایا کہ ابھی وہ چھ ماہ اسی باورچی خانے میں کام کرے گا۔ اس کے بعد اسے دوسرا کام دیا جائے گا۔ منو کو بڑی مایوسی ہوئی۔ چھ ماہ ابھی اسی کام کو کرنا پڑے گا۔ اس نے سوچا اب اسے غار کے بارے میں معلومات حاصل کرنی چاہئیں۔

منو نے سردار سے دوبارہ درخواست کی کہ اسے کم از کم غار میں گھومنے پھرنے کی اجازت دی جائے۔ سردار نے اس کی یہ درخواست مان لی اور منو اب آزادانہ غار میں گھوم پھر سکتا تھا۔ غار کی سیڑھیوں پر ایک ڈاکو بندوق لئے بیٹھا رہتا۔

اس غار میں چھ کمرے تھے ہر کمرہ مختلف اشیاء سے بھرا ہوا تھا۔ ایک کمرہ بندوقوں اور کارتوسوں سے بھرا ہوا تھا۔ ڈاکوؤں کے پاس دو جہاز تھے جن کے ذریعہ وہ سامان لاتے اور لے جاتے۔ ڈاکوؤں کی کل تعداد دس تھی لیکن سب ایک ساتھ نہیں آتے تھے۔ کبھی کبھی سب جمع ہوتے۔ اس دن خوب کھانے پکتے ورنہ غار میں زیادہ سے زیادہ چار ڈاکو ہوتے۔ ان پر قابو پانا ایسا کوئی مشکل نہ تھا لیکن دقت یہ تھی کہ بوڑھا باورچی سمت ہار چکا تھا وہ کسی ایسے منصوبے میں جو ڈاکوؤں کو پکڑوانے کا ہو مدد نہیں کر سکتا تھا۔ باقی رہا گلو ــــــ اس کا کوئی پتہ نہ تھا ــــــ اور اگر ڈاکوؤں کو مار دیا جائے تو دوسرے ڈاکو یہاں آجائیں گے۔ کیونکہ وہ اس جنگل سے باہر نہیں جا سکتے لہٰذا ڈاکو ان سے ضرور بدلہ لیں گے ــــــ پھر آخر کیا کیا جائے۔ کسی طرح ڈاکوؤں پر اعتماد جما کر ان کے ساتھ ڈاکے میں جانا چاہیے۔

وہاں جا کر انہیں پکڑوایا جاسکتا ہے لیکن ابھی بہت دن باقی ہیں۔ باورچی خانے میں کھانا پکاتے پکاتے وہ باورچی بن چکا تھا۔ ہر وقت نمک، مرچ، گھی، آٹا۔ اس نے سوچا اگر کھانے میں زہر ڈال دیا جائے۔ مگر زہر کہاں سے ملے گا۔ نہیں ـــــــ یہ منصوبہ بھی ٹھیک نہیں ـــــــ مجھے اس طرح کام کرنا چاہیئے کہ سب ڈاکو خوش ہو جائیں۔ پھر شاید ممکن ہے وہ مجھے اپنے گروہ میں شامل کرلیں۔

منو نے بڑی محنت سے کام کیا اور غار میں بڑی سعادت مندی سے رہا۔ اس حد تک کہ ڈاکوؤں کا سردار خوش ہو گیا اور اسے اپنے پاس بلایا منو اس کے کمرے میں پہنچا تو وہ سگار پی رہا تھا۔

"منو ـــ ـــــ ہم تمہارے کام سے بہت خوش ہیں ـــــ" وہ بولا۔

منو نے سوچا وہ اپنی الجھن دور کرے۔ پہلے دن ڈاکوؤں کے سردار نے اس کا نام کیسے لیا تھا جب کہ یہاں کسی کو خبر نہیں تھی۔

"آپ کو پہلے دن میرا نام کیسے معلوم ہوا تھا۔"

"ہاہاہا ــــــــ" وہ ہنسا ـــــ "بھئی جب تم پکڑ کر لائے گئے تو رات کر اپنا نام بار بار سوتے میں لے رہے تھے۔ میں نے تمہیں یہاں اس لئے بلایا ہے کہ تمہیں انعام دینا چاہتا ہوں ـــــ بولو کیا مانگتے ہو ـــــ؟" ڈاکو بولا۔

"مجھے یہاں کسی چیز کی ضرورت نہیں۔ لیکن ...."

"لیکن کیا ـــــ؟" ڈاکو بولا۔

"میں چاہتا ہوں آپ کے ساتھ کام کروں ـــــ باورچی خانے میں

مجھ سے زیادہ دیر کھانا نہیں پکایا جاتا۔"

ڈاکو کچھ سوچنے لگا۔

"میں یہاں تنہا ہوں ــــ میرا کوئی نہیں ــــ میں چاہتا ہوں آپ کا ہاتھ بٹاؤں۔ باورچی خانے میں کام کرنا کوئی مشکل نہیں ــــ مجھے اس سے زیادہ مشکل کام دیجئے۔ آپ جب تجارت کرنے جاتے ہیں ــــ مجھے بھی لے چلئے" منو بولا۔

"ہوں ــــ" ڈاکو بولا ــــ "تم جاؤ میں سوچ کر جواب دوں گا۔"

منو چلا آیا ــــ باورچی خانہ ــــ ناشتہ ــــ دوپہر کا کھانا ــــ رات کا کھانا جھوٹے برتن ــــ وہی سلسلہ جاری ہوگیا۔ کئی دن گزر گئے منو سمجھ گیا کہ ڈاکو نے اس کی بات نہیں مانی ورنہ ضرور جواب دیتا۔ ایک ہفتہ گزر گیا۔ منو اب بالکل مایوس ہوگیا تھا۔ وہ ہمیشہ جھوٹی پلیٹیں اور خراب دیگچیاں صاف کرتا رہے گا۔ ساری زندگی۔

پندرہ دن کے بعد اچانک اسے سردار نے اپنے کمرے میں بلایا۔ وہ خوش ہوگیا شاید اس کی درخواست مان لی جائے۔

"میں نے سوچا ہے ــــ" وہ بولا ــــ "کل سے تم غار کے منہ پر پہرا دو گے ــــ"

منو نے سوچا شاید سردار اس کا امتحان لینا چاہتا ہے اس لئے جو کچھ کام دے اچھی طرح کروں۔

اسی دن اسے بندوق چلانے کا طریقہ سکھایا گیا۔ اور اس کی ڈیوٹی غار کی سیڑھیوں پر ——— لگا دی گئی۔

وہ بندوق لیے پہرہ دے رہا تھا۔ اس نے سوچا کیوں نہ وہ ان ڈاکوؤں کو مار دے آج صرف چار یہاں موجود ہیں اس کے بعد جب وہ جہاز لے کر آئیں تو وہ انہیں بندوق کی نوک پر واپس لے جائے۔ لیکن اگر وہ ناکام ہو گیا تو اسے اپنی جان سے ہاتھ دھونے پڑیں گے۔ پھر وہ بھاگ جائے۔ لیکن جائے کہاں ——— ؟ اسے پورا موقع ملا تھا کہ وہ بھاگ کر جا سکتا تھا ابھی وہ یہ سوچ ہی رہا تھا کہ اسے گگو کی خیاؤں خیاؤں کی آواز آئی۔ منو خوش ہو گیا۔ گگو غار میں آ گیا۔ دونوں دوست ایک عرصے بعد ملے۔ منو نے بندوق رکھ کر اسے سینے سے لگا لیا۔ مارے خوشی کے گگو کا منہ کھلا ہوا تھا۔

"خیاؤں ——— خیاؤں ———" گگو نے پوچھا۔

"میں یہاں بالکل ٹھیک ہوں ——— یہ دیکھو کپڑے ——— اور کھانے کو بھی ٹھیک ملتا ہے ———" منو بولا۔

خیاؤں ——— خیاؤں۔" گگو نے اس کا ہاتھ پکڑ کر باہر کی طرف کھینچا۔

"نہیں ——— گگو اب میں باہر نہیں جاؤں۔ تم مجھ سے ملنے آ جایا کرو۔ منو بولا

گگو ایک لمحہ کے لیے اداس ہوا اور پھر ہنسنے لگا اور ہنستے ہنستے بھاگ گیا۔ تھوڑی دیر میں دو تین ناریل۔ کچھ کیلے اور لیچیاں لے کر آیا۔

"واہ واہ ـــــ شاباش ـــــ تم مجھ سے ملنے ہر روز آیا کرو۔ مگر چیز کبھی کسی دن بھی نہ لانا ورنہ ڈاکو اسے مار کر کھا جائیں گے۔" منو بولا۔

منو بہت دنوں تک پہرہ دیتا رہا اور گلو ہر روز آتا۔ کھانے کو اچھا کھانا، رہنے کو اچھا کمرہ۔ منو کو اور کچھ نہیں چاہیئے تھا اور اگر یہ لوگ ڈاکو نہ ہوتے تو منو کبھی ان کے پاس سے نہ جاتا مگر اب منو کو یہ سب اچھا نہ لگتا۔

ڈاکوؤں کے سردار نے گلو کو بھی دیکھا۔ مگر اسے بے ضرر سمجھ کر چھوڑ دیا۔ کچھ عرصے بعد منو پر پوری طرح اعتماد کیا جانے لگا۔ اسے صبح کا ناشتہ سردار کے کمرہ میں کرایا جاتا۔ کھانا بھی وہ اسی کے ساتھ کھاتا۔ جب وہ اپنی تجارت کی بات کرتے تو منو وہیں بیٹھا رہتا۔

منو بظاہر کسی نہ کسی چیز میں مصروف رہتا۔ مگر ویسے سب کچھ سنتا رہتا۔ اسے پوری طرح معلوم ہو گیا تھا کہ عنقریب یہ لوگ ایک بندرگاہ سے بہت سا سامان لے کر اس کے ملک لائیں گے۔ جس ملک سے سامان لانا تھا اس کا نام عجیب سا تھا۔ کوشش کرنے پر بھی یاد نہ ہوا۔ ہر روز منصوبہ بنتا۔ یہ کوئی بڑا کام تھا۔ جہاز کئی بار جنگل پر آیا۔ عجیب عجیب لوگ آئے نہ جانے کیا کیا منصوبے بنے۔

ایک صبح ایک ڈاکو آیا ـــــ اور منو سے تیار رہنے کو کہا۔ منو کی دلی مراد بر آئی۔ اب وہ باہر جا سکے گا جہاں جا کر وہ آسانی سے انہیں پکڑوا سکتا ہے وہ نئے کپڑے پہن کر سردار کے کمرے میں پہنچا ـــــ "میدان کی طرف جاؤ ـــــ وہاں جہاز کھڑا ہوگا۔ تھوڑی دیر بعد تمہیں لے جائے گا۔ جب تمہیں بتایا جائے وہی کرنا اپنی طرف سے یا کسی حکم کی عدولی تمہاری موت

بن جائے گی۔ اگر تم اس قابل ہوئے تو تمہیں اپنے گروہ میں شامل کر لیا جائے گا۔ لیکن اس کا فیصلہ خود تمہارے ہاتھ میں ہے اگر چاہو تو عیش کی زندگی گزار سکتے ہو اور مرضی ہو تو گولی کھا کر مر جاؤ۔ اگر تم نے وہاں کوئی گڑبڑ کی تو یاد رکھنا تمہیں معاف نہیں کیا جائے گا۔ تم جہاں کہیں بھی ہو ہم تمہیں زندہ نہیں چھوڑیں گے اب تم جا سکتے ہو۔"

منو میدان کی طرف گیا وہاں جہاز کھڑا تھا۔ اس کے جاتے ہی جہاز دو آدمیوں کو لے کر چلا گیا اتنے میں ڈاکوؤں کے سردار کا بلاوا آیا۔ منو کو واپس بلا لیا گیا

"ہم نے فیصلہ کیا ہے کہ تم آئندہ جاؤ گے —— اس بار تمہارا جانا ٹھیک نہیں" ڈاکوؤں کا سردار بولا۔

"لیکن ... میں ....." منو بولا۔

"ہم نے جو کچھ فیصلہ کیا ہے —— وہ آخری ہے —— تم جا سکتے ہو۔" ڈاکوؤں کا سردار بولا۔

منو کے سارے خواب ادھورے رہ گئے وہ منہ لٹکائے واپس چلا آیا۔

منو نے سوچا شاید اس کی زندگی میں اسی غار میں رہنا ہے۔ وہ کیا کرے حالات اور قسمت دونوں اس کا ساتھ نہیں دیتے لیکن وہ اتنی جلدی ہمت نہیں ہارے گا کبھی تو امیدیں بر آئیں گی۔

دوسرے دن صبح ہی اسے حکم ملا۔ فوراً میدان میں پہنچو۔ وہ بھاگ کر پہنچا تو ہوائی جہاز تیار کھڑا تھا۔ منو کو اس میں بٹھایا گیا۔ مگر اسے ابھی تک جانے کا یقین نہ تھا۔ یہ عجیب سا جہاز تھا جس میں صرف چار آدمی بیٹھے تھے۔ اوپر ایک پنکھا سا

لگا ہوا تھا۔ تھوڑی دیر میں وہ تیزی سے چلنے لگا۔ اور اس کے چلتے ہی ہوائی جہاز زمین سے اٹھنے لگا۔ درختوں کے اوپر ہوا تو منو کو یقین آ گیا کہ وہ واقعی جا رہا ہے جہاز آسمان پر پہنچا تو ایک آدمی نے جیب سے چھوٹا سا بکس نکالا اور اس میں عجیب عجیب الفاظ بولنے لگا آخر چند منٹ بعد اس میں سے بھی آوازیں آنے لگیں۔ بہت سے الفاظ بولنے کے بعد اس نے "او کے باس" کہہ کر وہ ڈبہ بند کر دیا۔ منو سمجھ گیا کہ یہ ضرور اپنے سردار سے ہدایت لے رہا ہوگا۔

چاروں آدمی خاموش بیٹھے تھے۔ جہاز کے نیچے نیلا سمندر تھا۔ جہاز اوپر نیچے ہوتا تو منو کا دل ڈوبنے لگتا۔ مگر وہ ہمت کرکے بیٹھا رہا۔ ایک گھنٹے بعد سمندر میں ایک جزیرہ سا نظر آیا اس میں کچھ درخت وغیرہ لگے نظر آ رہے تھے جہاز بغیر کسی دقت کے ایک چھوٹے سے میدان میں بحفاظت اتر گیا۔ چاروں آدمی ایک طرف چلے اور اسے بھی ساتھ آنے کا اشارہ کیا۔ تھوڑی سی دور چل کر ایک عمارت نظر آئی یہ سب اس میں داخل ہو گئے۔

اندر ایک کمرے میں تین چار آدمی بیٹھے تھے دیوار پر ایک نقشہ لگا تھا۔ اور ایک آدمی نقشے پر سرخ سرخ نشان لگا رہا تھا۔ جب یہ سب داخل ہوئے تو انہیں دیکھ کر اس نے پوچھا۔ "سمندر کیسا ہے؟"

"گڈ لک سر ــــــ" ان میں سے وہ بولا جو جہاز چلا رہا تھا۔

"بیٹھو ــــــ" وہ بولا اور سب بیٹھ گئے۔

"یہ عدن کی بندرگاہ ہے۔ یہاں سے جہاز چلے دو مہینے ہو گئے ہیں۔ کراچی کی بندرگاہ اس نے پار کرلی ہے۔ اور اب یہ اس جگہ ہے۔" اس آدمی نے نقشے پر بڑا سا سرخ نشان لگایا۔ کل جہاز یہاں آئے گا اس نے ایک اور نشان لگایا۔ یہاں سے ایک لانچ جہاز سے الگ ہو جائے گی۔ کھلے سمندر میں اسے دو دن چلنا ہوگا۔ اس کے بعد ہمارا کام شروع ہو جاتا ہے پرسوں یہ لانچ اس جگہ آجائے گی اس نے نقشے پر ایک ضرب کا نشان لگایا۔ جانے ہو اس میں کتنا سونا آرہا ہے؟ پھر خود ہی بولا ——— ہر مرتبہ سے زیادہ ایک کروڑ روپیہ کا سونا ——— اور اس کی حفاظت ہمیں جان کی بازی لگا کر کرنی ہوگی۔

"جناب ہم سب تیار ہیں ———" سب نے یک زبان ہو کر کہا۔

"مجھے تم سے یہی امید تھی ——— اب آرام کرو کل دوبارہ پھر جمع ہوں گے۔" میٹنگ ختم ہوگئی۔ سب کو ٹھہرنے کھانے کی بہت سی سہولتیں دی گئی تھیں۔ منو نے پیٹ بھر کھانا کھایا اور پلنگ پر لیٹ کر منصوبہ بنانے لگا۔ آخر کس طرح ان پر قابو پایا جائے۔ وہ بے حد منظم تھے اور چالاک بھی۔ میرا خدا میری مدد کرے تو میں ان پر قابو پا سکتا ہوں۔ دوسرے دن پھر سب ناشتے کے بعد جمع ہو گئے۔

"خوشخبری ———" نقشے کے پاس کھڑا ہوا شخص بولا۔ "کشتی حفاظت

ے آ رہی ہے۔ سمندر کا موسم بہت خوشگوار ہے۔" سب خوش ہو گئے۔
"نمبر ٹین ——" وہ بولا۔
"یس سر ——" ایک نے کھڑے ہو کر کہا۔
"تم آج روانہ ہو جاؤ —— اور سمندر میں اس جگہ رہو ——" ایک بلیہ نقشے پر نشان لگ گیا۔
"نمبر ٹیونٹی ——"
"یس سر —— حکم۔" دوسرا کھڑا ہوا۔
"تم آج رات سے ڈیوٹی پر ہو —— نمبر ٹین سے دو میل ادھر۔"
ایک ایک کر کے سب کو کام بانٹ دیا گیا۔ اور منو؛
"تم —— لانچ میں رہو گے۔" اس آدمی نے کہا۔
دوسرے دن منہ اندھیرے سمندر کے سینے کو چیرتی ایک موٹر لانچ جس کی قطعاً آواز نہ تھی کھلے سمندر کی طرف چلی —— نمبر دس اترا —— پھر نمبر بیس اور اسی طرح بہت سے لوگ اپنے اپنے پہرے کی جگہوں پر پہنچ گئے۔ دور دور تک پورے سمندر پر قبضہ کر لیا گیا تھا۔
اس موٹر لانچ میں اسی آدمی کا حکم مانا جا رہا تھا جو نقشہ پر ہدایات دے رہا تھا۔ اس وقت وہ لانچ میں مشرق کی طرف منہ کئے کھڑا تھا۔ اس کے ہاتھ میں وہی مشین تھی جیسی منو نے جہاز میں دیکھی تھی ابھی سورج نکلنے میں دیر تھی کہ اس مشین میں سے سیٹیاں بجنے لگیں۔
"ہیلو —— باس ——" وہ بولا۔

ادھر سے کوئی آواز آئی جو منو نہ سمجھ سکا۔

"ہم سب تیار ہیں ــــ ٹھیک ساڑھے چھ بجے ــــ اوکے باس۔"

وہ آدمی سب کو مختلف ہدایات دینے لگا۔ منو نے سوچا ان ڈاکوؤں کا سردار خوب ہے غار میں بیٹھا حکم دے رہا ہے۔

"اے لڑکے ــــ" اس آدمی نے کہا ــــ "تم تیار رہو جیسے ہی میرا اشارہ سنو سمندر میں کود جانا۔"

"میں تیار ہوں ــــ" منو بولا۔ وہ سوچنے لگا اب نہ جانے کیا مصیبت آئے۔ لیکن جب اوکھلی میں سر دیا ہے تو موسلی سے کیا ڈرنا ــــ جو کچھ ہوگا دیکھا جائے گا۔ لانچ پر سب کھڑے اپنی اپنی گھڑیاں دیکھ رہے تھے۔ لانچ خاموش کھڑی تھی ــــ ایک منٹ ... دو ... منٹ۔

"سب تیار ــــ" اس آدمی کی آواز گونجی۔

"جاؤ ــــ" وہ بولا۔ منو بھی سمندر میں کود گیا۔ مگر اس کی سمجھ میں نہ آیا وہ کیا کرے۔ اوروں کے ساتھ وہ بھی ایک طرف چل دیا۔ سمندر کا پانی ٹھنڈا تھا۔ ہلکا ہلکا اندھیرا چھایا ہوا تھا۔ اور منو دوسرے ڈاکوؤں کے پیچھے تیر رہا تھا۔ ایک میل کے بعد ایک کشتی نظر آئی جو انہی کی طرف آرہے تھے۔ اس میں تین چار آدمی بیٹھے تھے۔ یہ سب کشتی کی طرف تیزی سے پہنچے اور اس کے چاروں طرف تیرنے لگے۔ کشتی بڑی لانچ کی طرف بڑھی۔ ایک ہلکی سی سیٹی بجی۔ لانچ کا انجن بہت ہلکی آواز سے اسٹارٹ ہو گیا۔ کشتی لانچ کے بالکل قریب آگئی۔ سب آدمی لانچ میں آگئے۔ صرف ایک آدمی کشتی میں رہ گیا۔ جو

تیزی سے اسے واپس لے جانے لگا۔ چند لمحوں بعد وہ کشتی بغیر آواز کے دور سمندر میں غائب ہو گئی ——— لانچ بھی چل پڑی۔ اتنے میں لانچ میں سمندر میں سے ایک آدمی تیراکی کا لباس پہنے منہ پر نقاب لگائے اپنی پیٹھ پر دو بڑے بڑے برتن رکھے اوپر آیا۔ تیراکی کا یہ عجیب لباس منو نے اس سے پہلے کبھی نہ دیکھا تھا۔ اس نے کپڑے اتارے ——— "ارے وہ تو باس تھا۔ پھر سب نیچے کے ایک کمرے میں جمع ہوئے منو بھی ان میں شامل تھا۔

"ایک بہت بڑی غلطی ہو گئی ہے ——— "باس بولا ——— سب خاموش تھے۔ سونے کے بجائے کپڑے کی گانٹھیں آئی ہیں۔ سونا کی کوئی خبر نہیں۔"

"یہ تو بہت برا ہوا ———" ایک بولا۔

"ہاں ——— لیکن مجھے پتہ کرنا ہو گا کہ ایسا کیوں ہوا۔"

سب خاموش اور متفکر تھے۔ اتنے میں چائے آ گئی۔ سب نے خاموشی سے پی۔

"ہونہہ ———" باس بولا۔ کل تک اطلاع آ جائے گی۔ فی الحال ہم ہیڈ کوارٹر میں ٹھہریں گے۔"

منو حیران تھا کہ انہوں نے کیا چیز اور کہاں سے لی۔ بظاہر تو اسے لانچ میں ایک تنکا بھی آتا نظر نہیں آیا تھا۔ پھر انہوں نے کپڑا کہاں چھپایا اور یہ آیا کہاں سے تھا۔ کس سے پوچھے؟ لیکن پوچھنے سے معاملہ بگڑ نہ جائے۔ اسے انتظار کرنا چاہیئے۔ شاید خود ہی معلوم ہو جائے۔

دو تین گھنٹے بعد وہ جزیرے میں پہنچ گئے۔ وہ جان بوجھ کر بوٹ میں ٹھہر

گیا۔ لانچ کا ڈرائیور سمجھا باس نے اس کی ڈیوٹی لگائی ہو گی اور دوسرے لوگ سمجھے لانچ میں وہ کوئی کام کر رہا ہو گا۔ لانچ سمندر کے کنارے ایک جگہ کھڑی تھی ساحل سے خاصی دور وہاں تک جانے کے لئے دوسری کشتی استعمال کرنا پڑتی تھی اس کے بعد بھی تھوڑا سا پانی چلنا پڑتا تھا۔ تھوڑی دیر بعد جب کشتی سب کو چھوڑ کر واپس آئی تو دو آدمیوں نے غوطہ خوروں کے لباس پہنے اور سمندر میں کود گئے۔ پانچ منٹ بعد جب وہ اوپر واپس آئے تو ان کے ہاتھوں میں بڑی بڑی نائیلون کی رسیوں کے سرے تھے جو تین چار آدمیوں نے مل کر اوپر کھینچے۔ دو آدمیوں نے سمندر میں سے چار پانچ بڑے بڑے بنڈل کشتی میں رکھ دیئے۔ کشتی ساحل کی طرف چل پڑی جہاں جہاز کھڑا تھا اس نے بنڈل لئے اور اڑ گیا۔

منو سوچنے لگا یہ بنڈل کہاں سے آئے سوچتے سوچتے وہ اس نتیجہ پر پہنچا کہ یہ بنڈل اس نائیلون کی ڈوری سے بندھے ہوئے لانچ کی تہہ سے لگے ہوئے ہوں گے۔ پھر اسے یہ بات بالکل صاف ہو گئی کہ یہ بنڈل آنے والی کشتی کے اس نچلے حصے میں بندھے ہوں گے جو پانی میں تھا۔ وہاں سے باس نے کھول کر اپنی لانچ میں باندھ دیئے اور وہ اسے یہاں لے آئے۔ لیکن اس طرح تو سامان خراب ہو جاتا ہو گا۔ یہ بات منو کو ہیڈ کوارٹر میں آ کر معلوم ہوئی کہ اس پر نائیلون اس طرح چڑھایا جاتا ہے کہ پانی کا ایک قطرہ بھی اندر نہیں پہنچتا۔

"لیکن اس طرح لانے کا مقصد ——؟" اس نے ڈرتے ڈرتے ایک

ملاح سے پوچھا۔

ملاح قہقہہ مار کر ہنسا ——— "ارے لڑکے تجھے اتنا پتہ نہیں؟"

"نہیں ———" منو نے کہا۔

ملاح بولا ——— "نیا نیا آیا ہے جب ہی نا ——— ارے بیوقوف اگر پولیس ہماری تلاشی لے تو سامان نہ نکال لے۔ اس لئے ہم کشتی کے نیچے باندھ دیتے ہیں اور خود مچھیرے بن جاتے ہیں۔"

"کیا ہمیشہ ایسا ہی کرتے ہیں ———؟" منو نے پوچھا۔

"ہاں ———" ملاح نے اس کے کندھے پر زور سے ہاتھ مارا "ایسا ہمیشہ ہی ہوتا ہے اور ہوتا رہے گا ———" یہ کہہ کر اس نے بوتل منہ سے لگائی اور شراب پینے لگا۔ ... ہاہاہا ——— وہ قہقہے لگا رہا تھا۔ ایسا ہی ہوگا۔

منو کشتی میں بیٹھ کر ساحل کی طرف چلا آیا۔ یہاں آکر اس نے کھانا کھایا۔ باس سب سے کہہ رہا تھا۔ تم سب لوگ تین دن تک انتظار کرو ہمیں کوئی نہ کوئی اطلاع ملنے ہی والی ہے۔ وہاں دو دن رہے۔

تیسرے دن شام کو وہ باس کے ساتھ جہاز میں بیٹھ کر واپس جنگل کے غار میں آگیا۔ یہاں خوب بارش ہوئی تھی۔ سردی خاصی بڑھ چکی تھی۔ منو نے سوچا نہ جانے گلو اور چینو کا کیا حال ہے۔ منو نے باس سے اجازت

لے لی کہ وہ صبح جنگل میں گھومنے جائے گا۔

رات بھر وہ سوچتا رہا کہ یہ کیسے ڈاکو ہیں؟ یہ کیسے چور ہیں نہ جانے کہاں سے سامان لے کر آتے ہیں یہ تو ڈاکوؤں سے زیادہ خطرناک معلوم ہوتے ہیں ہو سکتا ہے میں انہیں ساری عمر نہ پکڑوا سکوں۔ لیکن مجھے ہمت نہ ہارنی چاہیے خدا کوئی ایسی صورت پیدا کرے گا جس سے میری امیدیں بر آئیں گی۔

صبح منو جنگل گیا چاروں طرف پھول اسی طرح کھلے ہوئے تھے درختوں پر پھل لگے تھے۔ وہ گلو اور چنو کو تلاش کر رہا تھا۔ اسے غار کی طرف جانا چاہیے جہاں وہ پہلے کچھ عرصہ رہے ہیں۔ منو اس غار کی طرف پہنچا وہاں اس نے ایک بڑا سا کتا کھڑا دیکھا۔ کتا اسے دیکھ کر بھونکا نہیں بلکہ غرانے لگا۔ اور اس کی گردن پھولنے لگی دانت چمکنے لگے۔ منو نے اسے دیکھا تو سمجھ گیا۔ کہ یہ کوئی خطرناک جانور ہے۔ ایکا ایکی اس نے منو پر چھلانگ لگائی۔ منو زمین پر گر گیا۔ جانور کے پنجے اس کے سینے پر تھے اس کا منہ اس کی گردن کے پاس آ گیا۔ لیکن عجیب اتفاق ہوا کہ کوئی دوسرا جانور چیختا ہوا اس کی طرف بڑھا اور منو کے سینے پر سے وہ جانور ہٹ گیا۔ منو نے دیکھا اس کا دوست گلو تھا جو ایک شاخ سے لٹکا بار بار اس کے منہ پر پنجے مار رہا تھا۔ اس کے منہ سے خون بہہ رہا تھا شاید آنکھ پھوٹ گئی تھی وہ جانور بھی اس پر حملہ کر رہا تھا مگر گلو شاخ سے جھول کر حملہ کرتا اور دوسری شاخ پکڑ کر دوسرے درخت پر چلا جاتا۔ منو کے حواس بجا ہوئے تو اس نے بھی ایک درخت کی

لٹکی ہوئی شاخ پکڑی اور اوپر چلا گیا۔ گلو نے جو اسے دیکھا تو اس جانور کو چھوڑ کر وہ بھی منو کے نزدیک آگیا۔ دونوں درختوں کی شاخوں پر سفر کرتے ہوئے بہت دور نکل آئے دریا کے کنارے وہ دونوں درخت سے اترے۔

"کہو گلو دوست تم لوگ کیسے ہو ——؟" منو بولا۔ بندر نے دانت نکال دیئے۔

"اور چینو ——؟" بندر نے چھلانگ لگائی اور چینو کو پکڑ لایا۔ چینو دوڑ کر منو کی طرف آیا۔ منو نے اسے خوب پیار کیا —— "میرا چینو" —— اتنے میں گلو میاں ناریل اور کیلے توڑ لائے۔ سب نے مل کر کھائے۔

"میں ایک خطرناک مہم پر گیا تھا مگر تم لوگ بہت یاد آئے۔" منو بولا۔ تینوں جنگل میں گھومتے پھرے۔ دوپہر کے بعد منو نے غاریں واپس جانا چاہا۔ چینو اور گلو دونوں غار کے پاس تک آئے۔

"اچھا دوستو —— خدا حافظ کل پھر ملاقات ہوگی۔" منو نے الوداع کہی اور اندر چلا گیا۔ باس کے سامنے اس کی طلبی ہوئی۔

"کہاں گئے تھے ——؟" وہ بولا۔

"آپ سے پوچھ کر جنگل گیا تھا ——!" منو نے کہا

"یہ بندر تمہارا بہت دوست معلوم ہوتا ہے۔"

"جی ——؟" منو بولا۔

"آج تم پر بھیڑیئے نے حملہ کر دیا تھا —— اس نے تمہیں بچا لیا۔" باس بولا۔

منو حیران رہ گیا آخر اسے کیسے پتہ چلا —— "آپ کو کیسے پتہ چلا؟" اس نے پوچھا۔

"ہمیں سب کچھ پتہ ہوتا ہے ـــــ" باس بولا۔ "یاد رکھو ہمیں سب اطلاع مل جاتی ہے ـــــ اب تم جا سکتے ہو۔"

"ہوں ـــــ" منو نے سوچا تو اس پر پہرہ ہے یہ تو بہت برا ہوا۔ لیکن اس سے کیا ہوتا ہے مجھے اس کا بھی علاج کرنا ہے کاش اب جلدی سے کوئی ڈاکہ ڈالا جائے۔ لیکن اگر اسی طرح سمندر میں ڈاکے ڈالے جاتے رہے تو میں آخر کیسے انہیں پکڑاؤں گا۔ لیکن منو کی یہ فکر بہت جلد دور ہو گئی۔ ایک ایسی اطلاع آئی کہ سب ڈاکو فکرمند اور منو خوش ہو گیا۔

سونے کی وہ کھیپ جو کشتی میں آنے والی تھی ایک مال بردار جہاز کے نیچے غلطی سے باندھ دی گئی ہے۔ حالانکہ اس میں کپڑے کی گانٹھیں باندھنی تھیں سب سوچ میں پڑ گئے۔ اب کیا ہوگا ـــــ؟ سانپ کے منہ سے نوالہ نکالنا پڑے گا۔ بندرگاہ پر جانا ہوگا اور مزے کی بات یہ ہے کہ اس کی اطلاع جب ملی ہے جب جہاز بندرگاہ میں لنگر انداز ہو چکا ہے کیسی عجیب بات ہے کہ جہاز سے سامان اتارنے والوں اور چڑھانے والوں، بندرگاہ کی پولیس کو خبر نہیں کہ اس جہاز کی تہہ میں ایک کروڑ روپیہ کا سونا چھپا ہوا ہے۔

بعض ڈاکوؤں کا خیال تھا کہ جہاز جب کھلے سمندر میں آئے تو سونا نکال لیا جائے لیکن باس کہتا تھا بندرگاہ میں سونا نکالنا زیادہ آسان ہے۔ کھلے

سمندر میں کشتی کا جہاز کے نزدیک آنا غیر معمولی بات ہو گی اور پکڑے جانے کا خطرہ زیادہ ہو گا۔ بندرگاہ میں ہم مچھیروں کا بھیس بدل کر آسانی سے جہاز کے نزدیک جا سکتے ہیں۔

سارے ڈاکوؤں کے لیے بڑا نازک موقع آ گیا تھا ممکن ہے پولیس سے جھڑپ ہو جائے یا بندرگاہ کے نزدیک جا کر پکڑے جائیں۔ حالات غیر یقینی تھے۔ سارے ڈاکو غار میں جمع ہو گئے تھے۔ یہ سب سے زیادہ اہم مہم تھی۔ اور اس کے لیے تمام لوگ تیار تھے۔ کچھ کا خیال تھا کہ منو کو اس مہم میں نہ لے جایا جائے لیکن باس نے کہا۔ منو ہمارے لیے بے حد مفید ہو گا۔ جب ہم مچھیروں کا بھیس بدل کر بندرگاہ جائیں گے تو یہ ہمارے ساتھ ہو گا اور لوگ سمجھیں گے ہم واقعی مچھیرے ہیں ــــــ سب کو یہ بات پسند آئی۔

"یہاں سے فوراً روانہ ہو جانا چاہیے ــــــ" ایک نے کہا۔

کل سورج غروب ہوتے ہی ہمارے سفر کا آغاز ہو جائے گا۔ یہاں سے جزیرے تک جہاز اور پھر تیز رفتار لانچ۔

منو نے سوچا یہ موقع تو اسے خدا نے دیا ہے ممکن ہے اس کے بعد کبھی وہ اس قابل نہ ہو سکے کہ انہیں پکڑوا سکے اس مرتبہ تمام ڈاکو بندرگاہ میں ہوں گے اور میں ہمت سے کام لوں تو آسانی سے پکڑوا سکتا ہوں۔ وہ مختلف منصوبے بنانے لگا۔

دوسری صبح جنگل جا کر اس نے گلو اور جینو سے ملاقات کی تینوں جنگل میں گھومتے رہے۔ گلو اور جینو کو کیا خبر کہ یہ ان کے دوست کی آخری ملاقات ہے

منو آج اداس تھا اپنے دوستوں سے بچھڑنے کے غم میں۔ منو سوچ رہا تھا کہ وہ ڈاکوؤں کو پکڑوانے میں جان کی بازی تک لگا دے گا۔ اسے وہ کہانی یاد آ رہی تھی جو اس کی دادی نے ایک بار سنائی تھی جس میں ایک بہادر لڑکے نے ایک ڈاکو کا مقابلہ کیا تھا۔ وہ لڑکا مر گیا تھا مگر اس کی وجہ سے ڈاکو پکڑا گیا لوگ اس لڑکے کی کتنی تعریف کرتے تھے۔ منو سوچتا تھا کاش وہ لڑکا میں ہوتا!

اور اب اسے اس بات کا موقع ملا تھا کہ بہادر لڑکا بنے۔ اسے خوشی تھی کہ جب اس کی ماں کو پتہ چلے گا کہ اس کا لڑکا اتنا بہادر تھا تو وہ کتنی خوش ہو گی۔ گلو منو کا چہرہ دیکھ رہا تھا۔ اسے احساس ہو رہا تھا کہ اس کا دوست کچھ سوچ رہا تھا۔ منو نے جب گلو کو اپنی طرف دیکھتے ہوئے پایا تو جھٹ مسکرا پڑا اور گلو مارے خوشی کے چھلانگ مار کر سامنے ایک درخت پر چڑھ گیا اور ادھر اُدھر جھولنے لگا چینو بھی ایک طرف دوڑ گیا منو کو یہ دوست بہت اچھے لگے دوپہر کو وہ واپس آیا۔ چینو اور گلو اسے غار تک چھوڑنے آئے۔ منو نے سوچا وہ انہیں آخری بار دیکھ رہا ہے۔ کاش وہ آخری بار دیکھ رہا ہو۔ منو غار کے پاس کھڑا گلو اور چینو کو دیکھتا رہا وہ دونوں جنگل کی طرف جا رہے تھے آہستہ آہستہ دوست جدا ہو رہے تھے۔ منو نے سوچا کاش وہ انہیں بتا سکتا کہ وہ ہمیشہ کے لئے جا رہا ہے لیکن اگر وہ کوئی ایسی بات کرتا تو فوراً باس کو اطلاع ہو جاتی۔

غار میں آیا تو وہ بہت اداس تھا۔ اس کے اتنے اچھے دوست بچھڑ

رہے تھے۔ یہ خوب صورت جنگل ـــــ آزادی اور پر خلوص دوست۔ لیکن میں ان سب کی قربانی دوں گا۔ میں بے حد بہادر لڑکا ہوں۔

غار میں دوپہر ہی سے تیاریاں جاری تھیں اور جہاز ڈاکوؤں کو جزیرے میں لے جا رہا تھا۔ سہ پہر کے قریب ایک جہاز میں منو بھی جزیرے پر پہنچ گیا۔ شام سے پہلے سب بڑے کمرے میں جمع ہو گئے۔ دائیں دیوار پر بڑا سا نقشہ لگا تھا۔ آج باس نقشے پر کھڑا ہو کر ہر ایک کو اس کا کام سمجھا رہا تھا۔

جہاز پر سے ان دنوں سامان اتارا جا رہا ہے۔ ایک ہفتہ تک وہ ٹھہرا رہے گا۔ اس کے بعد چلا جائے گا۔ ایک ہفتہ میں ہر صورت سے سونا لے کر آنا ہے۔ جہاز کی ایک ایک تفصیل کی باس کو خبر تھی۔ بندرگاہ کے نقشے پر باس ہر ایک کی ڈیوٹی بتا رہا تھا۔ ہر شخص بے حد سنجیدہ نظر آ رہا تھا اس لئے کہ خطرہ بے حد شدید تھا۔

شام ہوتے ہی سب نے لباس تبدیل کر لئے اور مچھیروں والے لباس پہن لئے۔ منو نے آج کتنے دنوں بعد اپنا لباس پہنا تھا۔ لانچ کے نیچے ہتھیار جمع تھے اور اوپر سے بالکل مچھیروں کی کشتی معلوم ہوتی تھی ضروری انتظامات کے بعد لانچ چل دی اس کی رفتار بے حد تیز تھی۔ وہ رات بے حد تاریک تھی اور بھیانک تھی آسمان سیاہ تھا نہ جانے چاند کہاں جا چھپا تھا۔ نیلا

سمندر بھی سیاہ دکھائی دے رہا تھا۔ باس کشتی کے ڈیک پر کھڑا تھا منو بھی وہیں اوپر بیٹھا تھا۔ باس دوربین سے دور سمندر کو دیکھ رہا تھا۔ منو وہاں سے نیچے آیا۔ باورچی خانے میں کھانا تیار ہو رہا تھا۔ لانچ کیا تھی ایک مکان تھا۔ جس میں چار کمرے ایک باورچی خانہ ایک غسل خانہ۔ اس کے نیچے ایک بڑا سا ہال جس میں اسلحہ وغیرہ رکھا جاتا اوپر سے اگر کوئی دیکھے تو کچھ نظر نہ آئے اور آخری منزل پر جہاں ہتھیار تھے ایک خاص بٹن دبا کر پہونچا جا سکتا تھا جو صرف چند آدمیوں کو پتہ تھا اور منو ان میں سے ایک تھا ہال میں بہت سی بندوقیں اور گولیاں رکھی تھیں۔ جن سے اگر پولیس سے مقابلہ ہو جائے تو تین دن مقابلہ کیا جا سکتا تھا۔ لانچ کو چلانے کے لیے دو ملاح تھے اس طرح کل بارہ آدمی تھے۔ میں موقع ملتے ہی پولیس کو اطلاع دوں گا اور ان ڈاکوؤں کو پکڑا دوں گا۔

صبح ہوئی اور منو اوپر آیا تو اس نے دیکھا۔ کشتی میں دو آدمی ایک بڑا سا جال ٹھیک کر رہے ہیں دو آدمی دوسرا جال سمندر میں ڈالنے کے لیے کشتی کے کنارے پر کھڑے ہیں۔ آسمان پر سفید پرندے اُڑ رہے ہیں اور سامنے کوئی بڑا سا شہر دکھائی دے رہا ہے۔ سمندر میں دو تین سفید رنگ کے جہاز کھڑے ہیں جن پر رنگ برنگے جھنڈے لہرا رہے ہیں لاتعداد کشتیاں ادھر سے اُدھر تیرتی پھر رہی ہیں۔

منو کو یہ سب بڑا اچھا لگا کتنے دنوں بعد اس نے انسانوں کی کوئی بستی دیکھی ہے کوئی بہت بڑا شہر تھا دور سڑک پر خوب صورت کاریں چلتی نظر آ رہی

تھیں۔ صبح کا وقت تھا شہر بیدار ہو چکا تھا۔ کارخانوں کی چمنیوں سے دھواں اڑ رہا تھا۔ منو نے سوچا اس شہر کے لوگوں کو کیا خبر یہ کشتی جو بظاہر مچھیروں کی دکھائی دیتی ہے خطرناک ارادوں اور ڈاکوؤں کو لے کر آئی ہے۔

جال سمندر سے نکالا جا رہا تھا۔ تھوڑی دیر میں کشتی میں مچھلیاں ہی مچھلیاں ہو گئیں۔ ناشتے کے لئے سب نیچے کمرے میں ملے اوپر مچھلیاں پکڑی جا رہی تھیں۔

دروازہ مضبوطی سے بند کرنے کے بعد باس بولا۔ سفید رنگ کا جہاز ہماری منزل ہے۔ پولیس خاصی چوکنی ہے ممکن ہے آج کسی وقت ہماری تلاشی بھی ہو کوئی شخص کسی گھبراہٹ کا اظہار نہ کرے۔ آج کا دن کسی طرح گزار دو۔ رات تھوڑی ہی میں جہاز کے نیچے سونا تلاش کروں گا۔ اگر جلد مل گیا تو کل صبح ہوتے ہی ہم واپس ہو جائیں گے۔

ناشتے کے دوران باس ہر ایک کو اس کا کام بتا رہا تھا۔

"تم لوگ اگر چاہو تو چھوٹی کشتی میں بیٹھ کر اس سامنے سفید جہاز کے چاروں طرف گھوم پھر آؤ ——— ساحل تک ہو آؤ ——— منو کا دل خوشی سے اچھلنے لگا ناشتہ کر کے سب اوپر آئے۔ تھوڑی دیر میں ایک چھوٹی سی کشتی سمندر میں ڈال دی گئی۔ اس میں تین آدمی بیٹھ کر چلے گئے۔ ان میں سے ایک نے منو سے بھی پوچھا۔ جس نے منع کر دیا کہ اس کا دل نہیں چاہ رہا۔ منو لانچ پر بیٹھا سوچ رہا تھا وہ کس طرح پولیس کو اطلاع دے کہ ڈاکو مچھیروں کے بھیس میں یہاں موجود ہیں۔ دو گھنٹے بعد کشتی لوٹ کر آئی تو دو اور ڈاکو اس میں چلے گئے ایک گھنٹہ بعد وہ بھی لوٹ آئے اور ملاح بھی آنے لگا تو منو نیچے اترا۔ ملاح اسے

دیکھ کر منہ بنانے لگا۔

"میں بہت تھک گیا ہوں۔ تھوڑی دیر آرام کر کے چلیں گے۔" وہ بولا۔

"چچا میرا بڑا دل چاہتا ہے کہ ساحل تک جاؤں مجھے لے چلو——" منو خوشامد سے بولا۔

ملاح بوڑھا تھا اور اس نے جو منو کو چچا کہتے سنا تو خوش ہو گیا کہنے لگا "آؤ، چلیں۔ کشتی ذرا آگے بڑھی تو لانچ سے کسی کے ہاتھ ہلانے کی آواز آئی۔ یہ کوئی ڈاکو تھا جو کشتی میں بیٹھنا چاہتا تھا بوڑھے ملاح نے اس کا اشارہ نہیں دیکھا اور منو نے خدا کا شکر ادا کیا۔ کشتی آگے چلتی رہی۔ سامنے سفید جہاز کھڑا تھا جس میں بہت سے مزدور ادھر سے ادھر پھر رہے تھے۔ کتنا قیمتی تھا یہ جہاز۔ خاص طور پر اس کی تہہ۔ جہاز کے پاس سے چکر لگا کر وہ ساحل کی طرف بڑھے۔ ساحل، نزدیک آ رہا تھا۔ لوگ چل پھر رہے تھے۔ ساحل کے قریب پہنچ کر منو نے دیکھا ان کی لانچ جہاز کی پشت پر چلی گئی تھی۔

"چچا میں ایک منٹ کے لئے ساحل پر ہو آؤں۔ وہ سامنے چاٹ والا کھڑا ہے ——" منو بولا۔

"نا بابا نا—— باس کا حکم ہے کوئی ساحل پر نہ جائے اور تم اگر..." ملاح بولا۔

"ارے چچا —— تم بھی تو کمال کرتے ہو—— وہ سامنے ہی تو ساحل ہے میں ایک منٹ میں لوٹ آتا ہوں پھر تم مجھے دیکھتے رہو گے میں بھاگ کر کہاں جاؤں گا——" منو بولا۔

"لیکن . . . . . ." ملاح بولا۔ "چچا ـــــ صرف ایک منٹ میں ـــــ میرے اچھے چچا ـــــ" منو نے اس کے گلے میں باہیں ڈال دیں۔

"اچھا ـــــ لیکن صرف ایک منٹ میں آنا ورنہ مجھے میرا باس کچا چبا جائے گا . . . سمجھے . . . ." ملاح بولا۔

"ایک منٹ میں آیا ـــــ" منو نے ساحل کے نزدیک پہنچ کر چھلانگ لگائی ساحل ذرا اونچا تھا۔

"ارے منو . . . . ." ملاح بولا۔ مگر منو تیزی سے بھاگ گیا کہ کہیں ملاح اپنا ارادہ نہ تبدیل کر دے۔

اوپر ساحل پر بہت سے لوگ کھڑے تھے۔ کشتی کا ملاح منو کو نہیں دیکھ سکتا تھا کیونکہ وہ کشتی میں بیٹھا تھا۔ منو تیزی سے بھاگا سامنے ایک آدمی سوٹ پہنے دکھائی دیا وہ اس کی طرف بڑھا ـــــ "بابو جی میری بات سنیں" منو نے کہا۔

"ہٹ اب . . . معاف کرو جب دیکھو بھیک . . . . ." وہ اس کا ہاتھ جھٹک کر آگے بڑھ گیا۔ میں کس سے کہوں لوگ ادھر سے ادھر گزر رہے تھے۔ "اف خدا میری مدد کر" اس عورت سے کہوں . . . نہیں . . . . اس مرد سے نہیں . . . . پھر کس سے کہوں ملاح میرا انتظار کر رہا ہو گا۔ سامنے ایک سفید وردی والا آدمی جاتا نظر آیا۔ یہ میری بات ضرور سنے گا۔

"بابو صاحب ـــــ!" منو اس کی طرف لپکا۔

"کیا ہے ـــــ؟" وہ پلٹا۔

"خدا کے لئے میری بات سن لیجئے میں بھکاری نہیں۔ میں چوروں کا ساتھی

ہوں ہم سب یہاں آئے ہوئے ہیں۔۔۔۔"

"کیا بکتے ہو۔۔۔۔؟" اس نے منو کی بات کاٹی۔

"میری بات سن لیں۔ میرے پاس وقت بہت کم ہے میں ڈاکوؤں کے ساتھ آیا ہوں یہ جو سفید جہاز کھڑا ہے، اس میں سونا ہے وہ لے کر ہم آج رات واپس چلے جائیں گے۔"

"تم مذاق تو نہیں کر رہے۔" وہ بولا۔

"نہیں خدا کے لئے اسے سچ سمجھیے۔" منو گڑگڑایا۔

"اچھا تو کپتان صاحب کے پاس چلو۔" وہ بولا۔

"میرے پاس اتنا وقت نہیں۔ آپ مجھ سے تفصیلات لے لیں۔"

"نہیں کپتان کے پاس چل کر تفصیل بتاؤ ورنہ ہم کچھ نہ کر سکیں گے۔" وہ بولا۔

"اف! تو پھر جلدی چلئے وقت کم ہے۔" منو نے کہا۔ منو تیزی سے بھاگنے لگا اور وہ سفید وردی والا افسر بھی وہ دونوں ایک کمرے میں گئے وہاں دو تین آدمی بیٹھے تھے۔

"سر ایک بے حد خفیہ اطلاع ہے۔ اندر کے کمرے میں چلئے وردی والا بولا۔" "اچھا۔۔۔۔۔" ان میں سے ایک آدمی نے جو قدرے بوڑھا تھا منو کو عجیب نظروں سے دیکھا۔ تینوں اندر کمرے میں پہنچے تو وردی والے نے کپتان کو بتایا

"یہ لڑکا کہتا ہے کہ وہ ڈاکوؤں کے ساتھ آیا ہے اور سفید جہاز سے سونا لے جائیں گے۔"

"مجھے تفصیل بتاؤ۔۔۔۔؟" کپتان بولا۔

منو نے پھولے ہوئے سانس سے بتایا کہ وہ ایک لانچ میں بارہ ڈاکو یہاں آئے ہیں جو مچھیروں کا بھیس بدلے ہوئے ہیں اور اس جہاز کے نیچے ایک کروڑ روپیہ کا سونا لینے آئے ہیں۔ بس آپ انھیں پکڑ لیں ان کے پاس بہت سا سامان ہے جو انہوں نے جزیرے میں جمع کر رکھا ہے۔ میں سب جانتا ہوں۔ انہیں گرفتار کریں میں سب بتا دوں گا۔ اب میں چلتا ہوں ڈاکوؤں کا ایک ساتھی میرا انتظار کر رہا ہے۔

وہ دونوں حیران تھے ——— "آپ میرے پیچھے آئیے اور لانچ کو دیکھ لیجئے۔ رات کو کھانے کے وقت میں آپ کو سگنل دوں گا۔ اس وقت سب بڑے کمرے میں جمع ہوں گے آپ لانچ میں آکر سب پر قبضہ کر لیں۔"

منو جاگا۔ اس کے پیچھے وردی والا افسر بھی۔ تھوڑی سی دور جا کر وہ رک گیا۔ منو بھاگتا ہوا ساحل کے کنارے پہنچا۔ ڈاکو ابھی کشتی لئے کھڑا تھا۔ منو کشتی کی طرف بڑھا۔ جب کشتی میں پہنچا تو ڈاکو نے اسے مارنا شروع کر دیا۔ "بدمعاش کہاں گیا تھا۔" میں فکر سے مرا جا رہا تھا اگر لوٹ کر نہ آتا تو میں کیا منہ لے کر لانچ پر جاتا۔"

"کچھ میری بھی سنو گے یا مارے جاؤ گے۔" منو بولا۔ "میں ادھر گیا تو پولیس نے مخبر سمجھ کر پکڑ لیا تھا۔ بڑی مشکل سے جان بچا کر آیا ہوں۔"

"گیا کیوں تھا پھر؟" وہ دھاڑا۔ "آئندہ نہیں جاؤں گا۔" منو بولا۔

"آئندہ کے بچے اگر باس کو پتہ چل گیا تو کیا ہوگا؟" ملاح بکتا جھکتا کشتی چلاتا ہوا لانچ کے پاس پہنچا تو باس کشتی پر کھڑا دوربین سے سمندر دیکھ رہا تھا۔ "کہاں گئے تھے" اس نے پوچھا۔ "ساحل کی سیر کو۔" منو نے کہا کیونکہ اسے شک ہو گیا تھا کہ ضرور باس کو معلوم ہو گیا ہو گا۔

جب وہ اوپر پہنچے تو باس غصے میں تھا "تم ساحل پر کیوں گئے تھے؟" منو خاموش کھڑا تھا۔ "اگر کوئی گڑبڑ ہوئی تو سب سے پہلے تمہیں گولی ماروں گا" وہ منو سے بولا۔

"اور پھر تمہیں —" وہ ملاح کی طرف مڑا۔ ملاح کانپ رہا تھا۔

سہ پہر کو بند کمرے میں ایک کانفرنس منعقد ہوئی جس میں منو شامل نہیں تھا۔ بلکہ اس نے دیکھا کہ اس پر باقاعدہ نظر رکھی جا رہی ہے لیکن اب اسے کسی کی پروا نہ تھی اس نے دیکھا دو ایک کشتیاں لانچ کے پاس سے گزریں جو اسے چیک کر رہی تھیں سہ پہر کو اسے چائے بھی علیحدہ دی گئی۔

شام ہوئی تو رات کو جہاز کی تہہ پر چھاپا مارنے کی تیاریاں شروع ہوئیں۔ طے کیا گیا کہ منو کو ساتھ لے کر جہاز کی تہہ میں جائیں گے۔ منو کو بھلا کیا اعتراض ہو سکتا تھا وہ تیار ہو گیا رات کے کھانے کے وقت جب وہ کشتی پر کھڑا ہو کر سمندر میں تین بار ٹارچ جلا کر بجھا چکا تو اس کی گردن پر ایک بھرپور طمانچہ پڑا اور وہ چکرا کر لانچ کے فرش پر گر گیا۔

"کیا کر رہا تھا —؟" ایک ڈاکو نے پوچھا۔

"سمندر میں ہماری لانچ کے پاس مجھے کوئی سر نظر آیا تھا۔" منو بولا۔

ڈاکو نے منو کے ایک اور ہاتھ مارا اور ٹارچ چھین کر لے گیا۔ منو سمجھ گیا کہ اس پر شک کیا جانے لگا ہے۔ لہٰذا اس سے پہلے کہ سردار اسے کوئی سزا دے اس نے جھٹ وہاں پڑے ایک خالی ڈرم کو اٹھایا اور اس میں بیٹھ گیا۔ چند منٹ بعد اس نے قدموں کی چاپ سنی شاید کچھ ڈاکو تھے۔

"وہ کہاں گیا —؟" باس بولا۔

"شاید سمندر میں کود گیا ہو ــــــ" ایک بولا۔

"تم نے اسے چھوڑا کیوں ــــــ؟" باس بولا۔ پھر ایک زور کا چانٹا لگنے کی آواز آئی۔ "جہاز کا کونا کونا تلاش کرو شاید مل جائے"۔ ایک بولا۔

"ہاں ــــــ فوراً تلاش کرو"۔ باس بولا۔

اتنے میں کشتی کے پاس کسی نے زور سے کہا ــــــ "مچھیرو! ہم تمہاری کشتی کی تلاشی لینا چاہتے ہیں۔ ہم کشتی پولیس ہیں"۔

"ہاں ہاں شوق سے۔ یہ ادھر رسیوں کی سیڑھی ہے اس پہ سے چڑھ آئیے"۔ باس نے کہا۔ منو کا دل دھڑکنے لگا۔ وہ آ گئے۔

آئیے تلاشی لے لیجئے ہم لوگ مچھلیاں پکڑ رہے ہیں چند لوگوں کے قدموں کی چاپ سنائی دی وہ شاید نیچے جا رہے تھے باقی غالباً ابھی اوپر تھے۔ منو نے ڈرم لڑھکا دیا اور خود باہر نکل آیا۔ اس نے دیکھا باس اور دوسرے کشتی سپاہی ابھی اس کے سامنے کھڑے تھے۔ باس اسے دیکھ کر حیران ہوا لیکن یہ وقت منو پر غصہ کرنے کا نہیں تھا اس نے بڑے پیار سے کہا۔

"یہاں کیا کھیل کر رہے ہو۔ جاؤ اپنے کمرے میں چلو"۔

"اچھا"۔ منو بولا۔ منو نے دیکھا وردی والا وہ آدمی اوپر کھڑا تھا اس کے ساتھ کئی آدمی تھے۔ منو کو بڑا غصہ آیا۔ اتنے کم آدمی لے کر وہ لانچ پر آیا ہے۔ باس کے ساتھ وہ سب نیچے تلاشی لینے چلے گئے۔ اتنے میں لانچ پر کچھ اور لوگ آ گئے ان کے ساتھ کپتان صاحب بھی تھے۔ کپتان نیچے اترنے لگا تو منو بھی اس کے ساتھ ہو لیا اور آنکھ کے اشارے سے ایک بٹن کی طرف اشارہ کیا۔ کپتان نے بٹن پر ہاتھ رکھا

تو اس کی آنکھیں حیرت سے پھیل گئیں۔ اس کے سامنے سینکڑوں بندوقیں اور کارتوس تھے اس نے جھٹ بٹن بند کر دیا کسی ڈاکو نے یہ بات نہیں دیکھی۔ کپتان نے دو سپاہی اس بٹن کے پاس کھڑے کر دیئے۔ تلاشی لی جا رہی تھی اور گشتی سپاہی ڈاکوؤں کو گھیرے میں لے رہے تھے۔ جب ہر ایک ڈاکو کے پیچھے ایک سپاہی آ گیا تو کپتان نے سگنل دے دیا۔ "ہاتھ اوپر اٹھالو ورنہ مارے جاؤ گے۔" وہ دہاڑا۔

کئی ایک نے بھاگنے کی کوشش کی مگر کپتان نے للکارا اور گولی چلانے کی دھمکی دی تو وہ رک گئے لیکن اوپر کشتی میں گولیاں چلنے کی آوازیں آنے لگیں گشتی پولیس اور ڈاکوؤں میں جنگ چھڑ گئی تھی۔ غالباً ڈاکو سمجھ چکے تھے کہ نیچے پولیس ان کے ساتھیوں پر قبضہ کر چکی ہے۔ اب وہ پولیس کو بھگانا چاہتے تھے۔ پولیس نے بھی مورچہ باندھ لیا تھا ساحل سے اور فوج آ رہی تھی۔ پولیس لانچ پر چاروں طرف ٹارچ کی روشنی ڈال رہی تھی۔ تاکہ کوئی بھاگ نہ سکے نیچے کی پولیس اوپر ڈاکوؤں تک نہیں آ سکتی تھی اور اوپر کی پولیس نیچے نہیں جا سکتی تھی آخر کپتان نے ایک ترکیب کی۔ ڈاکوؤں کو آگے کیا اور سیڑھیاں طے کر کے اوپر جانے لگے ڈاکو اس لئے آگے تھے کہ اگر ان ڈاکوؤں کے ساتھی ہوں تو انہیں نہ ماریں اور پولیس سامنے ہو تو انہیں خالی ہاتھ دیکھ کر سمجھ جائے کہ ہم نے گرفتار کر لیا ہے۔ یہ اوپر آئے تو دیکھا کہ کشتی کے شمال اور مشرق میں لڑائی جاری ہے۔ ڈاکو کسی طرح بھی پسپا نہیں ہوتے۔ نیچے سے پولیس لاؤڈ اسپیکر پر انہیں ہتھیار ڈالنے کی تلقین کر رہی ہے۔ مگر ڈاکو اپنی جان ہتھیلیوں پر رکھے لڑ رہے تھے۔

آخر آدھ گھنٹے کی لڑائی کے بعد پولیس والے پوری طرح لانچ پر قابض ہو گئے

ادھر ایک ڈاکو نے ایک سپاہی سے بندوق چھین کر اندھا دھند فائر کرنے شروع کر دیئے دو چار گولیاں چلانے کے بعد اسے گولی ماردی گئی۔

سب ڈاکوؤں کو کشتی کے ایک کنارے پر جمع کر دیا گیا وہ صرف آٹھ تھے۔

"ابھی اور کتنے باقی ہیں ـــــ؟" کپتان نے منو سے پوچھا۔

"چار اور باقی ہیں ـــــ" منو نے کہا ـــــ "یہ کل بارہ تھے۔"

آئیے نیچے دیکھتے ہیں۔ نیچے اترے تو ایک دروازے سے ایک گولی سنسناتی ہوئی آئی۔ کپتان اور منو بال بال بچے۔

"ہتھیار ڈال دو۔ تمہارے تمام ساتھی گرفتار ہو گئے ہیں۔" کپتان نے زور سے کہا۔

"میں جب تک اس لڑکے کو نہ ماروں کبھی گرفتاری کے لئے پیش نہ کروں گا۔ اس نے ہم سے غداری کی ہے۔" وہ دھاڑا۔

"تم اسے نہیں مار سکتے۔" کپتان بولا۔

ایک دم ڈاکو سامنے آ گیا اور اندھا دھند گولیاں چلانے لگا۔ یوں لگتا تھا۔ وہ پاگل ہو گیا ہے۔ کپتان نے اس پر بڑی مشکل سے قابو پایا۔ مگر اس کی ایک گولی منو کے بازو میں لگ گئی۔ گہرا سرخ خون رس رس کر بہنے لگا۔ لیکن منو نے نہ خون کی پرواہ کی نہ زخم کی بلکہ پولیس کو لانچ کی ایک ایک جگہ دکھاتا رہا۔ ایک ڈاکو اسلحہ کے ہال سے ملا۔ اس نے مقابلہ نہیں کیا۔ باقی رہے دو وہ غائب تھے۔

پولیس نے سب پر قبضہ کرنے کے بعد منو کی ہدایت پر جہاز کی تہہ میں سونا تلاش کیا۔ انہوں نے دیکھا کہ واقعی بہت سا سونا پیکٹ میں بند نائیلون کی ڈوریوں سے بندھا جہاز کی تہہ سے بندھا ہوا تھا۔ پولیس کے افسر حیران تھے کہ یہ سامان لانے کا عجب

طریقہ ہے۔ جن لوگوں کو منو نے گرفتار کرایا جو اس علاقے کے نامی گرامی اسمگلر تھے۔ اور پولیس کو ان کی بہت تلاش تھی۔ منو کو پتہ چلا کہ یہ ڈاکو نہیں بلکہ سمگلر ہیں جو ملک کے سب سے بڑے دشمن ہوتے ہیں جو ملک کی ساری خوشحالی کو دوسروں کے ہاتھ بیچ دیتے ہیں اور انہیں پکڑوا کر اس نے بہت بڑا کارنامہ کیا تو وہ بہت خوش ہوا۔ دو دن بعد باقی دو ڈاکو بھی فقیروں کا بھیس بدلے ساحل کے نزدیک پکڑے گئے۔ منو ہسپتال میں داخل نہیں ہوا تھا وہ چاہتا تھا کہ جلد سے جلد اس جنگل اور جزیرے کا سامان پولیس کے اختیار میں آجائے۔

چوتھے دن پولیس اور کسٹم کے افسران منو کے ساتھ جزیرے میں گئے۔ پھر جنگل میں۔ انہیں بے حد تعجب ہوا کہ اتنی دور جنگل میں کیسا غار بنایا ہوا ہے۔ وہاں بھی چند اسمگلر تھے جنہیں گرفتار کیا گیا۔ افسران نے ہیلی کوپٹر دیکھا جو اسمگلر استعمال کرتے تھے تو انہیں بے حد تعجب ہوا۔ وہاں سے سارا سامان جہاز میں لاد کر شہر لایا گیا۔ بوڑھا باورچی بھی غار سے لایا گیا۔ وہ بار بار خدا کا شکر ادا کرتا تھا اور کہتا جاتا تھا۔ "میں پہلے ہی جانتا تھا کہ "یہ لڑکا ان ڈاکوؤں کی موت کا پیغام لایا ہے۔" منو نے اپنے دوست چنو اور گلو کو اپنے ساتھ جنگل سے آنے پر رضا مند کر لیا۔

ملک کے اخباروں میں اس کے کارنامے بڑے بڑے لفظوں میں چھپے۔ جب وہ گلو اور چنو کے ساتھ اپنی بستی گیا تو اس کا استقبال ایسے ہی ہوا جیسے بڑے آدمیوں کا ہوتا ہے۔ ماں نے اسے دیکھا اور سینے سے لگا لیا ——— "میرا منو" "میرا لال" ——— "میرا بہادر"۔ باپ نے دیکھا اس کی آنکھوں میں مسرت کے

آنسو لرز نے لگے۔ بستی کے سارے لوگ خوش تھے۔

منو تو اس بستی کا بیٹا تھا نا۔ لوگ ہار لا رہے تھے۔ ناریل اور کیلے لا رہے تھے اور سارے ہار منو کلو اور جینو کے گلے میں ڈال رہا تھا۔ آخر کو اسے زندہ رکھنے میں ان سب کا ہاتھ تھا نا۔

حکومت نے منو کو بہادری کا تمغہ دیا ——— اس کے باپ کو شہر میں ایک بہت بڑا کارخانہ دینا چاہا۔ مگر ابو القاسم نے منع کر دیا اس نے کہا میں سمندر کے کنارے سے جدا نہیں ہو سکتا۔ حکومت نے اسے خوبصورت لانچ دی اچھا سا گھر بنا دیا اور بہت سارا روپیہ انعام میں دیا۔ منو کو اعلیٰ تعلیم دلوا دی اور منو بھی پڑھ لکھ کر منوّر بنا ——— اپنا، اپنے ماں باپ اور ملک سب کا نام روشن کیا۔ جب تک وہ زندہ رہا لوگ اسے دیکھ کر خوشی محسوس کرتے۔ اپنے بچوں کو اس سے ملاتے اور جب مر گیا تو اس کی داستان بہادروں اور جیالوں کے ساتھ شامل ہو گئی اور پورے پاکستان کی مائیں اپنے بچوں کو اور کہانیوں کے ساتھ منو کی کہانی بھی سناتی ہیں۔

"دنیا میں بہادر کبھی نہیں مرتے اور بہادر بننا زیادہ مشکل نہیں"

ختم شد